蚕语沙沙

郁凤 著

图书在版编目（CIP）数据

蚕语沙沙 / 郁凤著. -- 南京：江苏凤凰文艺出版社, 2025.4. -- ISBN 978-7-5594-9055-1
Ⅰ. I267
中国国家版本馆CIP数据核字第20243SV309号

蚕语沙沙

郁　凤　著

出 版 人	张在健
责任编辑	孙建兵
特约编辑	王晓彤
责任印制	杨　丹
出版发行	江苏凤凰文艺出版社
	南京市中央路165号，邮编：210009
网　　址	http：//www.jswenyi.com
印　　刷	江苏凤凰通达印刷有限公司
开　　本	787毫米×1092毫米　1/32
印　　张	7.625
字　　数	123千字
版　　次	2025年4月第1版
印　　次	2025年4月第1次印刷
书　　号	ISBN 978-7-5594-9055-1
定　　价	56.00元

江苏凤凰文艺版图书凡印刷、装订错误，可向出版社调换，联系电话：025-83280257

序

王 尧

郁凤是我带过的师范专业本科生。所谓"带过",便是做过班主任上过课。

二十世纪八十年代末九十年代初,我还是青年教师,住在校园里,和学生打成一片。那时我还没有资格带研究生,文科老师还不习惯被称为"老板",师生之间的关系也未狭隘到专指导师和研究生。男生在食堂打了饭,有时会端着饭盆到我宿舍,看看我有没有在煤球炉上做菜,若是做了,大家共享。当时中文系有一本学生的文学刊物《弄潮》,几个编刊物的学生就常常这样到我宿舍来说稿子的事,我给他们写了《酒干倘卖无》,也把写初恋的《那是初恋吗》给《弄潮》首发了。中文系的学生并不都喜欢写作,郁凤喜欢写作,也很喜欢《弄潮》。我和郁凤同一个方言区,我们偶尔也会用方言说几句。她进校读书时纯朴直率,毕业时还是直率淳朴。

去年我们在校园又见过一面,感觉还像当年。

　　学生出了校园,首先要站稳讲台,再结婚生子,然后是事业发展,十年之内应该是忙忙碌碌。等到毕业十年,学生通常会返校,大家围坐在教室里,学生回忆在大学校园的细节和毕业后的状况,老师也说自己的十年。偶尔有学生会问我:王老师,你记得我的名字吗?我基本能随口叫出学生的名字。到毕业二十年再聚会时,不仅是老师,学生也有了沧桑感。我记得郁凤的名字,也知道她是一位非常优秀的语文老师。最近这十年,资讯发达,特别是有了微信以后,只要大家在微信群里,几乎就像生活在同一个时空中。我在郁凤这届同学的微信群里,他们讨论一些话题时,我偶尔也插话。感觉不是师生间的课堂讨论,而是教研室同事间的交流,毕业三十年的同学已经成熟了。我特别满意的是,在微信群发言的同学都还保持了教育工作者的赤子之心,这表明了这些学生毕业后选择和坚定了正确的三观。对曾经做过他们班主任给他们上过课的我来说,真的是一种安慰。

　　郁凤有时会私信我,说到她对文学界热点问题的看法,我们持论大致相同。我在微信群或者其他媒介看到郁凤的一些文章,知道有几篇是她下水写的高考作文,这些"作文"有广泛的社会影响。其中,2018年

《蚕语沙沙》单日点击量突破了十万；2021年的《"强"不张狂，"弱"不失志》被新华社刊发，点击量突破一百三十万。我读了郁凤这几篇文章，以为作为一种文化行动，呈现了一位语文老师的人文情怀、语文教育理想。这些作文示范的不仅是写作技巧，还包括了写作者观察、理解和表达社会、现实、人生和世界的方式。这些文章给予了学生很大的示范作用，也给了学生关于作文的另一种可能性的启示。

其实，语文教育，特别是作文，便是要激活学生的创造性，而作文也应是各式各样的作文。任何模式化的写作都不应当被提倡。我上大学之前做过一段时间代课老师，教小学和初中语文。大学念的汉语言文学师范专业，毕业前在高中实习教语文。留校以后很多年，常常带师范生在中学实习。我大学时的一位老师曾经长期在中学任教，我第一次带学生实习时，他特地跟我谈话说：你要留意一个问题，语文教育这么多年变化不大，工具性越来越强，怎么解决？我当然没有能力解决这个问题，但老师提出的问题一直盘桓在我心里。大学的文学教育虽然和中学不同，但中学的语文教育和作文训练直接影响着学生的人文素养和文字能力。所以，我一直认为一位中学语文老师的写作和备课一样重要。语文老师如果是一位写作者，便会散发掉很多"匠气"。

在这个意义上，我对郁凤的写作给予积极评价。我问她这么多年积累了多少文章，她发给我的几乎是一本散文集的规模。我建议她结集出版，并主动说我可以写一篇序言推荐这本集子，这就有了我们现在读到的《蚕语沙沙》。这本集子收录郁凤"读书札记"四篇，"高考作文我来写"八篇，"闲情碎语"二十篇，"校园你我他"十篇，凡四十二篇，大致是杂感、随笔和小品散文。读这些文章，我们可以感受到洋溢或沉潜在字里行间的热情和深沉，贯穿其中的是一个理想主义者的执着精神。郁凤没有囿于校园的围墙，而是敞开心扉看社会阅人生。她是诲人不倦的老师，传道授业解惑，谈天说地论文；她的文字于素朴中兼具感性和知性，笔端流淌着温情与忧思；她和学生交谈，也和自己对话。无论是哪一种方式或笔墨，郁凤的散文都打上了真诚的印记，因而尤为可贵。

我离开中学多年，在郁凤的这些文字中，我重新理解中学，重新理解中学语文老师。我无力说清楚中学语文教育的发展路径，但我期待有越来越多的郁凤式的语文老师。

2024.4.18

写在前面

郁 凤

我1993年毕业于苏州大学中文系师范专业。大学四年中,在老师的悉心指导下如饥似渴地阅读了大量文学经典,这些作品开拓了我的视野,陶冶了我的心灵,也在心底里埋下了一颗爱好文字的种子。这颗种子几度想要萌芽,却又几度被凡俗的忙碌遏止。

大学毕业后我坚持中学语文的一线教学已经三十年。在教授学生作文时,常常会遇到很多困难:学生不敢写,不知道怎么写,没东西写……渐渐地,我发现,好的游泳教练一定是游泳高手,好的钢琴老师一定能弹得一手好的钢琴,而语文老师自己不能写作,又怎能教好学生写作呢?2017年6月8号,学生在高考考场里面写,我就在场外写。我设身处地体验着考场作文的写作要求,在有限的时间里审题、构思、组材、成文。于是,有了第一篇高考下水作文《以尔车来,无贿可迁》。

朋友帮我在他的公众号发表后,竟然收到了许多网友的好评,受到鼓励后我又接着写了姐妹篇《板车拉我回娘家》。同时,我也是在告诉学生们,同一个题目可以选择的素材有很多。

于是,每年高考作文题目公开的第一时间,我就会写一篇高考下水作文。2018年的《蚕语沙沙》的单日点击量就突破了十万。2021年的《"强"不张狂,"弱"不失志》被新华社刊登,点击量突破一百二十万。每年高考后的几天,网络上都会竞相转发我写的高考文章,并且给予肯定的评价。读者的肯定,增加了我写作的信心,让我有了继续写下去的勇气。于是我也申请了自己的公众号,把它作为自己文字的一个收纳。

平时有些小感悟、小灵感,我也会及时写下来,慢慢地七八年间竟然积累几十篇小短文。课堂上,我会经常跟学生们一起分享我写作的文字,并且现身说法,提醒他们阅读积累的重要性,指导他们审题的方法、构思的技巧,等等。学生们也由害怕作文,渐渐地喜欢上作文。

从教三十年来,我切实体会到"言传身教"的重要性。语文教学、写作教学也是如此,要"言传",也要"身教",这样才能真正调动学生的语文学习兴趣,提高作文写作能力。

如今这个小册子能够结集出版,非常感谢我的大学老师现任苏州大学学术委员会主任、江苏作协副主席的王尧教授,是您的鼓励,才让我有了公开出版的信心;非常感谢我工作了二十多年的海安高级中学的领导们,是你们的大力支持,才有让我有了出版的勇气;也非常感谢给我点赞和转发的各位网友,是你们的肯定,才让我有了写下去的动力;还要感谢曾经的那些学生们,当我在课堂上把初稿投影在屏幕上时,你们细心地给我指出用词和标点的错误,并给我鼓励的掌声。

目 录

读书札记

有一种伤害,来自父母
　　——读《少有人走的路:心智成熟的旅程》　3
如何走出课外阅读的误区?　13
"变老"竟是一件好事　16
"钢铁侠"并非"钢铁"铸成
　　——读《埃隆·马斯克传》　23

高考作文我来写

2017年高考作文　以尔车来,无贿可迁　35
2017年高考作文　板车拉我回娘家　39
2018年高考作文　蚕语沙沙　42
2019年高考作文　美美与共,才能美不胜收　47
2020年高考作文　愿与你一同优雅为师　50

2021年高考作文　"强"不张狂,"弱"不失志　55
2022年高考作文　从"香菱学诗"与"马斯克造火箭"谈"妙"从何来　58
2023年高考作文　伴我一生的红楼故事　62

闲情碎语

中秋之月啊,何事长向别时圆?　69
你的心底也有这样一盏兔儿灯吗?　74
以善护善,善莫大焉　79
夜行东大街　82
我有一个这样的婆婆　86
清明祭奠,贵在"心诚意洁"　93
别有一番滋味在"听书"　99
不是所有的花都开在春天　107
从前的夏天　112
读你的感觉像三月　118
又到粽子飘香时　132
哭泣的婚礼　136
老爷子,别哭　140
好一个"厕所开放联盟"!　147
情人节·鲜花与猪肉　155
"傻"也是一种坦荡　161

无限大的键盘,怎能奏出音乐?

　　——《海上钢琴师》观后感　　164

可乐,对不起!　　169

有一种赢,叫赢了自己　　172

校园你我它

我爱海中　　179

谢谢您,我的母校　　183

阿黄,你请留步!　　191

悼阿黄　　197

师恩难忘

　　——写在第三十五个教师节　　200

那年高考,那瓶饮料　　207

最美不过人之初　　211

给个舞台,秒变"戏精"　　214

如此"虔诚",孔子怎肯保佑?　　220

假如教师没有情怀　　224

读书札记

有一种伤害，来自父母

——读《少有人走的路：心智成熟的旅程》

最近经常看到媒体上有关年轻人轻生的消息，心情十分沉重。这些人都正处于人生最美好的年纪，如果不是对生活彻底绝望，又怎么会走这一步呢？青少年的心理健康问题应该引起各方的关注和思考了：为什么越来越多的年轻人如此绝望？可不可以避免悲剧的发生呢？

这两天我刚读完了《少有人走的路：心智成熟的旅程》。这本书是美国著名心理医生 M. 斯科特·派克所作，他在书中结合自己多年的从业经验，指出了许多心理问题的形成原因以及解决对策。斯科特在给患者进行诊疗的过程中，发现有许多患者的心理症结其实都来自童年，而童年时期最大的伤害又是来自他们的父母，不同类型的父母带来的伤害也不同。他在书中提到带来心理伤害较大的是以下几种父母。

一、抱怨型

　　有些父母在孩子的德行或学业出了问题的时候,从来不主动自我反省、自我检讨,而总是抱怨、指责别人:抱怨别的孩子"带坏"了自己的孩子;抱怨老师没有教好他的孩子;抱怨配偶或孩子的祖父母没有管教好孩子。甚至经常指责孩子:你快把我逼疯了;要不是为了你,我早就离婚了;要不是为了你,我本可以干一番大事业……这种逃避责任的做法传递给孩子这样的信息:我的婚姻不幸,我的心理不健康,我的人生潦倒不堪,全是你的责任。孩子不知道这种指责多么不合理,于是就把责任归咎于自己。这些孩子会经常在心里自责,认为自己是一切问题和矛盾的根源,从而活得很痛苦。这种父母不光喜欢抱怨、指责孩子,还喜欢抱怨、指责配偶,夫妻之间经常矛盾激化,恶语相向,甚至大打出手。

　　父母的这种行为也从小给孩子提供了"榜样"——抱怨、指责别人。所以这些孩子成年后,在婚姻、交友和事业方面往往不肯担负起自己的责任,不由自主地会把责任推给父母、配偶、孩子、朋友、同事或上司,或者推给学校、政府、社会制度、时代潮流等,而不是努力去解决问题,于是他自己也成了问题。

二、 控制型

有的父母对孩子关心又太过度了,事无巨细,饮食起居、言行举止等方方面面都要对子女严格要求,父母强烈的控制行为也会对孩子的心理和行为造成很大的伤害。

有个叫凯茜的患者特别胆小,她会经常一个人躲在角落里不停地祷告,目光常常充满恐惧。在治疗中作者发现,凯茜的父亲白天在外工作,晚上回家就是喝酒,然后在椅子上打瞌睡。在家里母亲说了算,任何人都不可以和她唱反调。凯茜只能乖乖地听母亲训话:"你不可以那么做,亲爱的!""你不应该穿那双鞋,正派女孩从不穿那种鞋。"母亲貌似温情的背后是一种至高无上的权威感,她从不敢跟母亲对抗。渐渐地,她没有了自己的价值观,她不能自行做出决定,所有的事情都由母亲替她决定她才感到安全。凯茜母亲的这种强烈的控制,让凯茜婚后无法正常生活,因为没有母亲替她做决定,她就恐惧,就无所适从,甚至自杀。

还有一位年轻的女患者,从青春期开始就经常眩晕,好像随时会跌倒。眩晕的感觉迫使她常常体态僵硬地蹒跚而行。这位患者思维敏捷,学识丰富,人际关系也很好,而且长相可爱,像个布娃娃。她很喜欢穿色彩鲜艳的衣服,但走起路来就像个僵硬的小木偶。后来作者渐渐了解到,这位患者的母亲也是位控制欲极强的女人,她曾经操纵"小木偶"的一举一动,经常严格训练女儿的行为,曾用一整个晚上的时间,让幼小的女儿学会了自行大小便。类似的训练让母亲感到自豪,而女儿的心理却受到了严重的刺激,似乎一生都要看别人的眼色行事。她竭尽所能地去满足别人的要求,哪怕不切实际。她尽可能显得举止端庄、衣着鲜艳,却没有属于自己的愿望,也没有自行决断的能力,并且变成了走路僵硬的"小木偶"。这些控制欲极强的母亲最终都使子女丧失了自我,丧失了自己决断的能力,遇事不知所措,从而痛苦不堪。

三、自恋型

有些父母不懂得尊重孩子独立的人格,对子女的独立性视而不见,只把子女当作自我的延伸,子女就像他们昂贵的衣服、漂亮的首饰、豪华的汽车一样,代表着他们的社会地位和生活水平。父母的这种自恋情结,有着惊人的破坏力。比如,理工科出身的父亲逼着喜欢文科的孩子读理科;身为学者的父亲逼着喜欢运动的儿子苦读书本;不懂音乐的母亲强迫爱画画的孩子苦练钢琴……这些父母不管孩子有没有天赋,有没有兴趣和爱好,只是自己认为孩子应该学什么就学什么,孩子没有自己的选择权。

斯科特的一位叫苏珊的三十一岁患者,从十八岁开始就多次自杀未遂,此后十三年里她成了医院和精神疗养院的常客。在治疗中斯科特发现苏珊的母亲是一个典型的自恋狂。曾经有一天,苏珊放学回家,她高兴地把在美术课上得到的奖励给母亲看,并等待母亲的表扬。可是母亲却说:"你快睡觉去吧,为了画这些画,你最近太辛苦了。现在的学校真不像话,根本不管孩子的健康。"还有一次,苏珊坐校车时遭到男生的欺负,回家向母亲哭诉。可是母亲却说那个司机人很好,还建议苏珊在圣诞节给他送件小礼物。

自恋的人通常无视别人的存在,从不去体会别人的感受,没有感同身受的能力。自恋的父母,对于子女的情绪和状态,无法做出正确的回应。他们的子女往往因为得不到父母的尊重而痛苦甚至轻生。有的子女长大后,也常常以自我为中心,不懂得体察别人的感受,不懂得去爱别人。男性往往表现为大男子主义,女性往往会束缚丈夫的发展,对丈夫在家庭外的发展充满敌意。

所以父母一定不能太自恋,不能把孩子当作自我的延伸,要尊重孩子,要体会孩子的感受。要跟孩子多交流，多商量，而不是一味强迫，无视孩子的感受，否则后患无穷。也许有父母会说，孩子小不懂事，我是爱他才这样的。其实爱的重要特征就是，施爱者与被爱者都不是对方的附属品。付出真爱的人一定要永远尊重对方的独立和成长。英国诗人纪伯伦说得真好：

> 你的儿女，其实不是你的儿女。
> 他们是生命对于自身渴望而诞生的孩子。
> 他们借助你来到这世界，却非因你而来，
> 他们在你的身旁，却不属于你。
> 你可以给予他们的是你的关爱，
> 却不是你的想法，
> 因为他们有自己的思想。
> 你可以庇护的是他们的身体，
> 却不是他们的灵魂，
> 因为他们的灵魂属于明天，
> 属于你做梦也无法到达的明天，
> 你可以拼尽全力，变得和他们一样，
> 却不要让他们变得和你一样，
> 因为生命不会后退，
> 也不在过去停留。

孔子也曾说："后生可畏，焉知来者之不如今也？"

正是因为长江后浪推前浪，才有了我们社会的进步和发展。请不要过于自恋，不要轻易动用权威来束缚或逼迫你的孩子。

四、冷漠型

有些父母不懂得给予孩子应有的关爱，总是以工作很忙为借口，忽视对孩子的陪伴与关心。他们没有耐心倾听孩子的心声，对孩子漠不关心，甚至很冷漠，这样的父母往往给孩子的心灵造成极大的伤害。

斯科特曾经有一位患者，是一位三十多岁的电脑技术员，他头脑灵活，技术很好，可是不管他做什么工作，都没有办法坚持下来，不会超过半年。他有时是被解雇的，更多时候是同上司争吵后主动辞职的。他总是认为上司是骗子、谎言家，他认为不能相信任何人。而早在青春期时，他就跟警察起冲突，跟教师对着干。结婚后他常常疏远妻子，对她漠不关心。最终妻子忍无可忍跟他离婚，并且带走了两个儿子，这使他非常痛苦。

斯科特通过了解，发现这位患者的童年很不幸，他的父母让他极度失望。他们会把承诺过的生日礼物抛到脑后，会把共度周末的计划忘了，会把约定好的接他的事忘得一干二净，理由都是——我们太忙了。父母的漠不关心,让这位患者的童年充满了阴影,他总是被悲观和失望包围,最后他在心里得出结论:父母是最不可信任的人。渐渐地,他由不信任父母发展成不信任任何人,包括警察、教师、上司,他认为凡是具有某种权威的人都是不可信任的,从而导致无法正常工作和生活。正是父母对孩子的冷漠,给孩子后来的生活埋下了不幸的祸根,使他成为不幸的人。

五、恐吓型

有些父母在教育孩子时,会经常说:"照我的话做,不然我就不再爱你。"这些父母会殴打、威胁甚至遗弃孩子。这些行为会使孩子对未来充满恐惧,觉得世界是不安全的,甚至把世界看成地狱,这种恐惧感会一直保留到成年。于是他们宁肯提前透支未来的快乐和满足,也不愿意先苦后甜。在他们眼里,将来太遥远、太渺茫、太不可靠,于是他们就得过且过,不思进取。

有一位三十岁的财务专家来找作者诊治,希望斯科特能帮助她纠正总是拖延工作的坏习惯。一开始作者总是找不到治疗的办法,后来他发现这位患者的童年曾有过不幸的遭遇:亲生父母本来有能力照顾她,但是学校一放假,父母就会花钱把她送到养父母家,她从小就体验到了寄人篱下的感觉。她觉得父母不重视她,也不愿意照顾她。她总是生活在恐惧之中,担心父母不再爱她了。小时候她就觉得低人一等,长大以后,尽管她聪明能干,但是自我评价很低。所以她总是不珍惜自己的时间,总是先完成容易的和喜欢做的工作,对于棘手一点的工作总是尽量回避,于是一拖再拖,无法按时完成工作,这让她很痛苦。斯科特找到症结后,让她重新调整自己,走出因为没有父母的关爱而形成的对未来的恐惧感,养成先苦后甜的做事原则,患者的拖延症也就慢慢得到纠正了。

另外,父母的过分溺爱、纵容更会让孩子不懂得自律,容易养成任性、懒惰、喜欢不劳而获的习惯,走上社会后,当别人不再纵容他时,他便会易怒,或者悲观失望,失去独自生活的能力和信心。

父母在孩子眼中就是榜样,就是权威,神圣而威严。孩子往往把父母处理问题的方法全盘接受下来,所以如果父母懂得自律,懂得给孩子爱和温暖,即使家庭贫寒,培养的孩子也往往很自律,人格健全,心理健康。而有些家庭即使父母是高学历、高收入、高地位,但是如果不懂得如何正确为人父母,也常常会给孩子带来许多伤害,尤其是心理的伤害,会导致他们的孩子缺少自信、缺少目标、缺少爱心、不懂自律,问题很多。亲爱的父母啊,请别再给你们的孩子带来伤害了。

《少有人走的路：心智成熟的旅程》这本书很值得所有的父母看一看，尤其是年轻父母，一定不要在童年时期给孩子心灵的伤害，否则会给孩子带来终身的痛苦。

如何走出课外阅读的误区？

上海市一项调查结果显示，许多家长为孩子选择课外阅读书籍时，首选教材辅导书；而孩子对课外读物的选择与家长眼光不同，他们更多地"偏食"通俗文学，好多孩子对言情小说、武侠小说情有独钟。这两条"弧线"都远离了健康阅读的基线，使父母和孩子走进了课外阅读的误区。

这两种阅读都太偏了，会导致阅读面过分狭窄。

那么，如何走出课外阅读的误区呢？

首先，要正确认识课外阅读的作用。著名教育家赞可夫认为，从某种意义上来说，课内阅读教学只是教个阅读方法而已。因此，他特别强调课外阅读的重要性，认为阅读教学的重点是课外阅读，这是促进学生全面发展的主要手段之一。

许多家长急功近利地买一些教材辅导类的读物，

认为孩子阅读其他读物便是浪费时间,分散学习精力。殊不知,读一本好的文学作品,对孩子的帮助远远大于读一本作文大全,因为这些文学作品是孩子思想感情和内心感受的源泉,是对课内阅读教学的巩固和运用。所以家长切不可将自己的偏爱强加于孩子,束缚孩子的课外阅读。

要走出误区,还必须明确课外阅读的内容。课外读物大致可以分为以下四类。

第一类,各科目的参考书。这类书不仅仅局限于作文大全之类,它的范围要广得多。比如学历史,便可去看看介绍有关历史事件的书;学地理,便可去看看天文历法、地质勘探方面的书;学了物理、化学,便可去看看有关科学家的发明创造等方面的书籍,等等。

第二类,关于修养的书,如伟大人物的传记,学者的言行录,等等。这类书可以帮助学生认识复杂的人生,理解他人的生活和思想情感,认识到伟人也不是超凡脱俗、不食人间烟火的,他们的成功也是努力的结果,只是比别人付出的努力更多,流出的汗水更多,更具顽强的意志。

第三类,供欣赏的书,小说、戏剧、诗歌,等等。这些读物可以陶冶情操,使学生的人格更为高尚,让学生更能明辨是非。叶圣陶认为:小说不偏于逻辑的境界、道德的境界等等，它直接接触人生，它所表现的境界是个有机体，以整个人生为它的范围。青年人读了许多小说，吸收了许多好的意思，获得了许多人生经验，因为那些意思与经验都渗透了作者的精神，青年人浸染既久，其精神也就渐趋高深，即使不能与作者并驾齐驱，至少也会与作者同期倾向。青年人的精神与出色的作者同期倾向，不正是教育所追求的吗？叶圣陶在这里充分肯定了小说对青少年的作用，但他同时指出，这里的小说是好小说，那些拙劣的言情、武侠小说并不在其内。但是，有的家长却因为有拙劣的小说存在而禁止学生看小说，这是非常愚蠢的行为。

第四类，供临时需要的书。如准备旅行之前，看看介绍风景名胜的书等。

要走出课外阅读的误区，教师要经常向学生推荐好书，避免学生课外阅读的盲目性。要做到这一点，教师首先要勤看书，多看书。要加强课外阅读，真正拓展学生的视野，培养学生的综合能力，必须走出课外阅读的误区。否则，单纯功利性和消遣性的阅读，都会使人局限于某一方面而丧失阅读的其他功能。

"变老"竟是一件好事

姨妹寄给我一本书——《人生由我》，埃隆·马斯克的母亲——梅耶·马斯克写的。一看封面我就知道这是一本励志类的书，心想，我都到了"知天命"的年龄，还需要励志吗？应该给年轻人看看。于是便随手一扔，弃之不顾。

可是封面上那满头的白发、纵横的皱纹、不凡的气质、睿智的目光却深深地印在我的脑海中，挥之不去。于是我又拿起它，想粗略浏览一番。可是却一发不可收拾，一口气就将它读完了。

我原以为她跟许多人一样，只是为了蹭热度、想出名。因为她的儿子埃隆·马斯克太有名了——太空探索技术公司CEO、特斯拉公司CEO、太阳能公司董事会主席。

可是，当我读完全文却发现，她的出名、她的成功要比她儿子早许多。

她十五岁就登台做模特,曾获得"南非小姐"选美决赛资格。二十二岁结婚,三十一岁成为破产的单身母亲,随后辗转于南非、加拿大、美国三个国家的几十个城市,成功地开展了自己的事业,独立培养出三个出色的子女,同时获得两个硕士学位。六十多岁头发变白的她重返模特舞台,六十九岁时,她的形象在美国时代广场独占四个广告牌。七十多岁的她"红"遍全球。

在大多数人都在为年华易逝、红颜易老而感伤时,她却说:"变老是一件好事。"

读到这里,我不禁掩卷沉思。"变老是一件好事。"这可是第一次听说。生活中老人说得最多的是:"唉,老了,没用了。"

诗词歌赋中对青春不再、对年华易老的哀叹更多:《红楼梦》的《葬花吟》中是"红消香断有谁怜"的担忧。李清照的晚年是"寻寻觅觅,冷冷清清,凄凄惨惨戚戚"。杜甫的晚年更是"老病有孤舟,亲朋无一字"。连狂放不羁的李白都感叹"白发三千丈,缘愁似个长"。是啊,变老,意味着白发增多,皱纹增多,记忆衰减,体力下降,器官衰退……所以,人们都很害怕变老。

可是,梅耶·马斯克却说:"我不怕衰老,因为我生命中的每一个十年都比上一个十年更好。二十几岁的时候，我除了有三个很棒的孩子，可以说过得一塌糊涂；三十几岁的我过得也挺糟；四十多岁的我仍然为生存忙碌；五十多岁的时候，我来到纽约重新起步，努力让我的事业走上正轨，并结交新的朋友；直到六十多岁，因为工作和儿孙，我才逐渐安顿下来。现在，我比以往任何时候都更忙碌。我从未预料到生活会变得这样美好。"

是啊，经她这么一说，我回首过往，忽然发现我的生活又何尝不是如此，又何尝不是每一个十年都比上一个十年更好？

我十岁之前，全家人整天都在为能吃饱饭、穿暖衣而发愁；十几岁时，我们终于可以吃饱饭、穿暖衣了，我还跳出了农门，考上了大学，可是却突遇家庭变故。二十几岁时，我有了一份稳定的工作，一个温暖的家庭，一个可爱的儿子。可是我却总是为自己的平庸、为渺茫的未来而郁郁寡欢。三十几岁时，为家庭、为工作，忙忙碌碌，焦虑不堪。四十几岁时，经常生病，好几年时间都不停地光顾医院。

现在，我已经五十多岁了。孩子有了自己的工作，我的身体也恢复了健康，家人也都平安。

回想到这里，我不禁一笑。原来，变老真的并不可怕，甚至是一件好的事情，因为在好多方面都比我以前好很多。

首先,工作上更有成就感了。

我坚持高中语文教学快三十年了,现在,我更懂得了语文教学的根本是教会学生如何思考、如何学习,如何让学生成为一个健康、健全而有情趣、懂生活的人,而不是简单死记硬背、机械应试的工具。

看着学生们因为我的引导而对语文越来越感兴趣,因为我的点拨笔下的文字越来越生动、越来越有思想时,我感到了满足。

看着愁眉苦脸、满怀愁绪的学生在我的开导下又绽放出明亮的笑容时,我感到了欣慰。

为师如此,夫复何求?

第二,变得更豁达了。

以前,我总觉得自己是世界上最不幸的人,我十七岁时母亲便患肠癌离我而去,三年后父亲也抑郁而亡。我亲手帮他们合上了棺木,亲手把他们埋进了坟茔。在一次又一次的生死离别中,我变得越来越坚强,也越来越淡定,我可以淡定地去回忆他们,去谈论他们,仿佛他们依然活着。

渐渐地我对死亡的理解更为透彻了,也更理解了史铁生的那句话:"死是一件不必急于求成的事,是一个必然会降临的节日。"既然死亡不可避免,怕也无用,那就该更好地活了。

我曾经被疼痛折磨了整整一年。躺下就不能坐起,坐下就不能站起,勉强站起又不能走路,每走一步腿部关节就钻心地疼。

有一次,从外求医回来,下了高铁,在站台上,我忍痛艰难地挪动着脚步,而所有的人都飞快地从我身边走过。其中有一个很胖很胖的女子背着沉重的行李,也极快地超越了我。我忽然羡慕起她,胖与瘦有什么关系,能自由行走就是幸福。

现在每天早上醒来时,我发现我还活着,而且没有疼痛,我就会开心地给自己一个微笑。

这也许就是变老的好处——因为我懂了,幸福其实很简单,健康地活着就是一种幸福。连死亡都不再害怕,生活中还有什么能让我害怕呢?还害怕变老吗?

这也应该算一种豁达吧。

第三,变得更安静了。

以前听到别人拿了更多的奖金,我会愤愤不平;现在我会很平静,因为我知道那背后一定有更多更艰辛的付出。

以前听说某人炒股一夜暴富,我会蠢蠢欲动;现在我却很冷静,因为我知道股市没有常胜的将军。

以前看到别人到处旅行观光,我会躁动不安;现在,我发现身边也有风景,我会为路边一株倔强地活着的野草驻足不前,会对一朵含苞待放的花儿凝视良久,会跟着蓝天上的白云一起飘啊飘……

以前看到别人高朋满座、觥筹交错,我觉得很孤独;现在,一杯清茶,一本好书,一条爱犬,我觉得生活无比充盈。

以前看到社会上的假、丑、恶,我会愤世嫉俗;现在,我却喜欢用"黑色的眼睛""寻找光明",用我的文字记录生活的"光明"与"温暖",给人以生活的信心与力量。

第四,变得更自信了。

五十年的风风雨雨,五十年的坎坎坷坷,让我越来越坚信,只要努力奋斗,就会"天生我材必有用";只要肯学习,就不会被时代轻易抛弃;只要内心坦荡,天地自会宽广;只要肯坚持锻炼,身体就逐渐强壮;只要肯勤劳吃苦,就会"天无绝人之路"……

十分感谢梅耶·马斯克,是你让我忽然觉得"变老"竟然是一件好事,让我对"变老"不再恐惧。

梅耶·马斯克说,有一次她和母亲一起参加一个面向老年人的社交聚会"夕阳茶会",在座的人都在不停地抱怨,气氛很难受。于是她们赶紧逃离了。梅耶问母亲:"他们这样怨天尤人,是年龄增长的原因吗?"她母亲说:"不,他们从年轻时就这样了。"

是啊,我们既不要害怕衰老,又要多和那些不惧变老的朋友在一起,要多阅读那些积极乐观的作品。

君不闻,曹操"老骥伏枥,志在千里"的呐喊。

君不闻,辛弃疾"凭谁问,廉颇老矣,尚能饭否?"的诘问。

君不闻,刘禹锡"莫道桑榆晚,为霞尚满天"的劝勉。

情绪是可以感染的,梅耶·马斯克的积极乐观深深地影响了她的孩子们。当全世界都在羡慕埃隆·马斯克的时候,他却说:"母亲是我的英雄,我的成功来自母亲的培养和特立独行的品性。"

是啊,我们积极乐观地看待"变老",既可以让自己变得坚强快乐,还可以感染年轻人,何乐而不为呢?

"钢铁侠"并非"钢铁"铸成

——读《埃隆·马斯克传》

有一个人,他能同时涉足软件、硬件、航天、汽车、新能源等多个领域,而且在每个领域都取得了巨大的成功,是名副其实的跨界之神。这个人就是被人们称为"硅谷钢铁侠"的埃隆·马斯克。

"钢铁侠"是美国漫威电影《钢铁侠》中的主人公,马斯克很喜欢这个绰号,而且还把"钢铁侠"的雕像摆放在SpaceX(太空技术探索公司)的办公大楼里。

他确实和"钢铁侠"有着许多相似之处,他们都充满激情,能力超群,勇于挑战,成就超凡,也都具有"钢铁"般超人的毅力。

在我的印象中马斯克就是个超人,是个传奇,是个神话。

但是当我读完《埃隆·马斯克传》之后,我却看到了一个普通的马斯克,一个和我们普通人一样曾经遭受欺压、遭受排挤、遭受拒绝、遭受失败、历经坎坷的马斯克。他并非无坚不摧的"钢铁"之神,他有着和我们平凡人一样的血肉之躯,有着和我们平凡人一样的喜怒哀乐。

他的成功绝非偶然,绝非上帝的特别眷顾,而是因为他有着许多超出常人的优秀品质:敢想、敢做、勤学而又为实现目标坚持不懈。

一、敢想

当马斯克看到许多企业为推销自己而烦恼的时候,他幻想着设计一套软件把传统媒体电子化,从而让企业利用网络来更好地推销自己,于是1995年他便做成了第一个项目ZIP2。

当他看到人们为互联网金融的安全性而担忧的时候,他幻想着建立一套系统的网络金融服务体系来保证客户资金的安全。于是1999年3月,他成立了PayPal,从而开创了电子支付的革命。

当他看到地球人口2025年即将达到一百亿,地球生态每况愈下,粮食危机、能源危机、水资源匮乏等问题不断涌现时,他幻想着为人类寻找另外一块宝地建立新的家园。于是2002年6月,他成立了SpaceX,开启了移居火星的计划。

当他看到大气污染日益严重、化石燃料日益枯竭的危机时,他幻想着用电动汽车取代传统汽车。于是他开始研制与发展新能源汽车,并于2004年正式出任特斯拉集团董事长。

当他为移居火星缺少可持续的能源供应而发愁时,他幻想着用太阳能作为持续能源的来源。于是他投身于以研究和发展太阳能为目标的太阳城公司,并出任董事长。

他的每一个成功都来自他大胆的幻想,虽然这些不切实际的想法曾被航天界的巨头嘲笑,被老牌汽车制造商轻视,被所谓的能源专家批评,被无知的媒体攻击……

可是如果没有他的敢于幻想,也许就没有现在如此便捷的电子支付,就没有电动汽车的快速普及,就没有火箭发射的可回收技术。敢想,是他迈向成功的第一步。

正是因为他敢为人先的大胆想象,甚至是"痴心妄想",才让他的每一个项目都充满了新意,每一项技术都给世界带来了颠覆性的创新。

所以雷军说:"和埃隆·马斯克比起来,我们干的好像都是别人能干的事,但他干的事别人想都想不到。"

二、敢做

马斯克身上还有一个值得人们敬畏的特点——敢做,敢于把幻想变为现实。

1995年马斯克成立ZIP2公司时,互联网还没有普及,但是他认为让客户坐在家中就能迅速找到所需要的企业资料,这个服务一定很有市场,要知道这一理念在当时至少超越时代十年。可是马斯克认准目标后,就开始了行动。他自己动手完成了后台所需要的全部原始代码,亲自说服了地图供应商提供免费技术支持,又费尽唇舌招募工程师,成功组建了有战斗力的销售团队,四处寻找、游说投资人……ZIP2就这样逐渐成熟壮大了。1998年,连《纽约时报》这样的大媒体也成了它的固定客户。1999年ZIP2转手之后,马斯克获得了两千两百万美元的个人收入,一跃成为千万富翁。

如今我们早已习惯便捷的网络支付,可第一个想到要建立一套系统的网络金融服务体系的人便是马斯克。

当他认定了这一体系是符合时代发展的趋势时,他就立即开始了行动,于1999年3月成立了X.com公司(后来改名为PayPal),然后用他一贯的充满激情和鼓动的演讲吸引来自硅图公司的工程师、来自加拿大的金融高手、来自世界名校的学霸……在他和团队的共同努力之下PayPal获得了很大的成功,马斯克也因此获得了1.8亿美元的个人财富。

当马斯克有了向太空进军的想法后,他便把家搬到了洛杉矶,因为这里是当时的美国军事航空中心,他觉得这样才有机会接触到精通航空的专业人士,他可以从他们那里得到宝贵的建议。

马斯克很快就钻进了航空学会,结识了一批太空爱好者。他经常举办主题沙龙,大力宣传火星移民计划,并亲自和伙伴们一起混迹于各国火箭市场寻找适合的火箭。

当他发现购买火箭代价太大时,他便决定自己动手造火箭。他成立了太空技术探索公司SpaceX,并制定了远大目标:将商业发射市场的火箭发射费用降低90%,要在不久的将来将十万人送上火星。为了尽早将理想变为现实,他说干就干:缺少专业知识,他就认真学习航天工业及其背后的物理原理以及天体力学知识;缺少专业技术人才,他就到处贩卖梦想,迅速召集了一大批顶尖的航天界人才;缺少资金,他就拿出全部家当并且四处游说拉赞助,并且迅速获得了3.2亿美元的启动资金;没有厂房,就租用郊区的废旧仓库;缺少人手,他就亲自上阵甚至充当搬运工……

现在SpaceX能够成功发射并回收火箭,能够低成本发射太空飞船和运载火箭,这所有的成功都来自马斯克和他的团队的一点一滴的行动和努力,没有行动,所有的理想都是空想。

而我们大多数人缺少的正是这种将幻想转变为实际的行动,正如马云所说:"晚上想想千条路,早上起来走原路。晚上想想,我明天必须干这个事,早上起来还是一样。"

三、善于学习

马斯克超越常人的奇思妙想、引领世界变革的先进技术,都来自他广泛的阅读、勤奋的学习和刻苦的钻研。

马斯克从小就对阅读有着近乎狂热的热情,八岁时就读完整套《大英百科全书》,并且对其中许多内容谙熟于心。他的阅读内容广,阅读速度快,阅读时间长,假期里经常每天阅读长达十小时,一天能看完两本书。他既喜欢阅读科幻类作品,也喜欢宗教和哲学类作品,还喜欢阅读有关计算机编程的专业书籍,以此来自学计算机编程。

大量广泛的阅读,极大地开拓了马斯克的视野,激发了他的想象力以及对整个世界强烈的探求欲望,加深了他思考问题的深度，培养了他提出问题、分析问题、解决问题的超常能力。

在沃顿商学院读书期间，马斯克学习很认真，曾多次获得奖学金，在获得了经济学学士之后又继续攻读物理学学位，这些都为他后来的创业打下坚实的基础。

当他决定自己动手制造低成本火箭后，他耗费了几个月的时间去研究航天工业及其背后的物理原理，广泛地阅读天体动力学、火箭动力学等方面的书籍。

他不仅善于向书本学习，还非常善于向周围的人学习。为了能跟工程师们无障碍地交流，从而更专业更有效地领导团队的合作，他便恶补专业知识和技能。每当他有问题想不通的时候，就会在公司里随便拦住一个工程师询问，直至弄明白。他的这种疯狂的求知欲，让他差不多能将别人掌握的90%的知识都吸收进大脑中。所以他说，他不只是个商人，而首先是工程师，是首席技术执行官。

他丰富的专业知识和技能，使公司管理的效率得到大幅提高，从而极大地提高了火箭研发的效率。

其实，哪有什么天才，正像牛顿所说："如果说我比别人看得更远些，那是因为我站在了巨人的肩上。"马斯克也是如此，他并非真的是像"钢铁侠"一样的超人，他的天赋，他的成功，其实都是源自他善于学习，善于

"站在巨人的肩膀上"。

而我们许多人却认为离开了学校就不需要再读书了,就不需要再学习了,这是多么可笑而又可悲的事啊!

四、坚持不懈

冰心曾说过:"成功的花,人们只惊羡她现时的明艳!然而当初她的芽儿,浸透了奋斗的泪泉,洒遍了牺牲的血雨。"

马斯克每一次成功的背后,都充满了挫折与坎坷,包含着汗水和泪水。但是,每个艰难时刻他都以常人难以承受的毅力坚持过来了。

2006年3月24日猎鹰1号的第一次发射失败了,失败造成的懊恼情绪在整个团队蔓延开来,外界的质疑声也在网络上弥漫开来。可是,马斯克没有沦陷在这种负面情绪和质疑声中,他计划要再次发射火箭。在他顽强毅力的感染下,团队工程师们也很快振奋精神,决心用更规范更专业的方法去完成火箭的制造和组装。

可是接下来的第二次、第三次发射又均以失败告终。此时的马斯克面临着资金即将耗尽的窘迫局面。尽管如此,马斯克还是表示自己不会放弃,依然鼓励大家再接再厉,他的乐观精神极大地鼓舞了工作团队。

2008年9月28号,猎鹰1号终于发射成功,这是全球第一架私人火箭的飞行壮举,也是马斯克团队耗尽六年时间完成的壮举。此后他们又获得了猎鹰9号、龙飞船、火箭回收等一系列的成功,这些成功也带来了源源不断的订单:国际空间站的、运送卫星的……SpaceX也从一个初创公司变成了行业领头军。

可以说,没有马斯克的坚持不懈,没有他顽强的乐观精神,也就没有SpaceX的成功。

同样,在特斯拉研制发展电动汽车的过程中,马斯克也遇到了许许多多的困难与挫折:电池容易爆炸、研发速度太慢、电池生产效率低下、成本居高不下、合伙人离开、资金短缺……危机一个接着一个,但是马斯克却说:"即便所有的投资者都放弃了特斯拉,我也会一如既往地支持它。"

2008年,当特斯拉再次面临资金危机时,他冒着个人破产的危险继续对特斯拉进行投资,这就意味着"不成功,便成仁"。这一年他承受了常人难以忍受的压力和困难,但也正是这种超凡的坚韧与坚持让特斯拉走出了困境。从2019年6月开始,特斯拉的股票一路狂飙,一直将马斯克送上了世界首富的宝座。

诚然,马斯克的成功还有许多其他因素,比如他的前瞻性、鼓动性以及凝聚力等,但是他身上的敢想、敢做、勤学以及坚持不懈的这些优秀品质尤其值得我们每一个人学习。

当我越来越多地了解马斯克之后,笼罩在他周身的神秘光环便渐渐退去,他其实并非拥有"钢铁"之躯的"钢铁侠",而是一个有着与你我一样的血肉之躯的平凡之人,只是他拥有比我们更多的优秀品质。

仰视英雄是为了学习英雄,是为了向我们心中的理想更近一步。世上从来没有什么救世主,有的只是自己的努力。

"天行健,君子以自强不息"正是马斯克最好的写照。

高考作文我来写

2017 年高考作文

以尔车来，无贿可迁

　　车在女子出嫁的路途上历来扮演着重要的角色，《诗经》里就有"以尔车来，以我贿迁"的诗句。善解人意的女子对男子说："你用车来带走我和我的嫁妆吧。"虽然这位女子后来婚姻很不幸，但可见当时出嫁时还是很隆重的，因为不管是马车、牛车还是驴车，在当时都还是很稀缺的。

　　我没考证过出嫁坐轿子是什么时候兴起，又是什么时候停止的。我只知道二十世纪九十年代初，县城里已经时兴用轿车接新娘子了。那时小轿车还是奢侈品，只有机关单位才有。若有关系能找到一辆轿车去接亲，那说明男方有门路，有实力，还很有势力，女方更觉得很有面子，很有排场。

　　大学毕业后我分配到一所农村中学做老师，然后就是谈婚论嫁。我父母去世得早，结婚用的家具都是先生家准备的,所以不用"以尔车来",但他说一定要为我办一个最传统、最隆重的婚礼。至于结婚当天我怎么去他家,他说他有个同事,骑了一辆自行车到女方家,女方也骑了一辆自行车就跟他一起回家了。听得出,他言语中很是羡慕。当时我虽然年轻,但头脑却很清醒:不行,我不会主动骑车去你家。因为小时候常听到邻居家夫妻吵架时,女方会理直气壮地说:"当初还不是你用车把我娶到你家来的!"这撒手锏太有力了,往往呛得对方无言以对。最后他答应一定用车来接我。

那天我是在外婆家出门的。半夜,外婆、四姨、小姨就帮我打扮好,静候迎亲队的到来。我们这里新娘出门都是半夜,说是白天会遇到不吉利的人、不吉利的事。夜半时分,一切都可以回避。入乡随俗,一切都按老规矩办。期待中,听得一小串鞭炮声,舅舅赶紧吩咐人开门迎接。我一看,所谓的迎亲"队伍"就两人:他哥哥和他妹夫。期待中的轿车影子也没有,只有两辆自行车,连他也没来,好失望。我偷偷问他哥哥,他怎么没来?哥说,在家里忙呢。

"轿子"还得上,就是那辆崭新的二八大杠,车后座上铺了几层折叠起来的青布,用红绳子绑紧,算是坐垫。几声鞭炮中四姨和小姨扶着我坐上了"轿车",司机是他妹夫,哥哥骑车在前。我们两家虽在一个乡镇,可是我在最南边,他在最北边,相隔十多公里,中间要过十几条河。一路上弯弯曲曲全是冻得僵硬的土路,坑洼不平。颠颠簸簸,走了一程又一程,过了一座又一座小桥。腊月二十七的凌晨没有月亮,没有星星,一片漆黑,一片寂静,只有几声狗吠,和自行车颠簸后发出的叮当声。

没走多远我就冻得两腿麻木,我说:"太冷了。"他妹夫说:"不能讲话。"我说:"我腿麻了,下来走走。"妹夫说:"不可以下地的。"我问为什么。他说:"不作兴。"哇,忌讳好多。那时还真被他吓住,换现在,我肯定跳下车,走人。哎,现在前不着村,后不着店的,往哪儿走啊?"哼,你等着,等到了家,看我不跟你算账。"我只能在心里暗暗发誓,想着怎么怒怼那没良心的。

咬咬牙,忍着。不能下车,我就在后座上挪一挪身子,抬一抬腿,活络活络。动静还不能大,稍一动,自行车就晃,龙头就闪,摔下来不是更惨吗?

那天的夜好长,那天的路好远,那天的车好颠。早知如此,还不如自己骑车。一肚子的怨气亟待爆发。

颠簸了近两个小时,终于到了田野中他的家。一阵鞭炮,一群喜笑颜开的人,争相欢迎。一个慈眉善目的老人扶我下车,婆婆往我手里塞了个红包,硬硬的,不知是啥东西。跨火、喝茶、拜祖先,一切仪式结束后,我迫不及待地打开红包,是一枚沉甸甸的陈旧的袁大头。这是我平生第一次见到这样的银圆。先生说这是当年他奶奶给他妈妈的礼物。暖流穿过,一路的寒冷,一路的怨气烟消云散。

后来先生说,他也很想找辆汽车接我,只是他们家在农田中央,乡间小路汽车没法到达。

我不知这是不是真的理由,不过只要"以尔车来",管他是自行车,还是汽车呢,幸福就好。

2017 年高考作文

板车拉我回娘家

"以尔车来"后的那年冬天,我们有了儿子,我便回到乡下坐月子。身患癌症的婆婆不仅要照顾我和儿子,还要照顾因车祸而骨折的公公、中风卧床的老祖母。婆婆每天忙里忙外从无怨言,可我看在眼里疼在心里。终于满月了,我迫不及待地要回娘家,可我却无娘家可回。外婆年纪大了,她好不容易拉扯大了六个儿女,难不成还要她再来照顾我?

闷了一个月我真想出去转一下,一来透一下气,二来减轻一点婆婆的负担。可我能去哪儿呢?而且那时我们这儿有个习俗,娘家人不来接,是不可以自己回去的。我天天偷偷地望望门前的小路,看看有没有人来接我。一天,两天,三天,有的总是失望。

终于,在我绝望后的某一天,门前出现了两个熟悉的身影。我弟弟和我小表弟,一高一矮,一骑一坐,由远而近。弟弟当年上高中,表弟还不到十岁。表弟一跃从自行车后座跳下,蹦蹦跳跳。自行车的后面还拖着一个板车,晃晃悠悠。

"这是干吗呢?"我问。

"接你回家。"他俩一齐回答。

我笑了,我见过板车拉粮食、拉猪的,没见过拉人的。何况这怎么坐啊?

邻居大婶说:"这车好,铺上草,躺着,比坐什么车都好。这么远的路坐车腰疼,别落下什么毛病。"

听她这么一说,我觉得还蛮有道理的。

吃过中饭,大家七手八脚地在车板上铺了一层又一层稻草,稻草上再铺两层被子,一垫一盖。我躺上,盖好,怀里搂着刚满月的儿子,出发。

那天虽然有点冷,可阳光很好,我躺在里面暖暖的,软软的。

大家在板车两个长长的把手中间拴一根麻绳,然后将麻绳套在自行车后座上,板车前高后低,浅浅地斜着,这样起到缓冲作用,板车不至于撞着自行车。我头枕着高的一头,脚底挡一块木板,这样又避免了滑落的风险。

弟弟骑车,表弟在后座坐着,我和儿子在后面躺着,浩浩荡荡,沿着当年我出嫁的路,沐着和煦的阳光,回去。

遇到有桥的地方,就有上坡下坡。上坡时,小表弟一跃而下,弓着身子,用力推着板车后面的那块木板,弟弟佝着身子在前使劲儿地拉。

我说让我下来,我可以走。可他们死活不肯,说舅舅、外婆吩咐过不能累着我。

下桥的时候,车会往下冲,小表弟就在后面用脚蹬着地面,拼命拖着,减慢速度。到了平地,表弟再一跃坐上后座。哎,十几座桥啊,真难为他们了。

一路说笑,一路颠簸,一路阳光,一路向前。拖拖拉拉,走走停停,黄昏时分,终于到了外婆家——我的娘家。一路上,怀里的儿子睡得很香,一声没吭。

晚上,先生下班赶来,看到母子平安,悬着的心才落了下来。

如今,儿子已经学会开汽车了,他不知道他曾经乘坐过这样的车。

2018年高考作文

蚕语沙沙

大家都听过鸟语,可有谁听过蚕语?

我真听过,不信,你听——

洁净的蚕室里,成千上万只蚕,蜕过了四次皮,起过了四眠,舒展开了柔嫩而瘦长的身体,胃口大开,微型锯齿一般的牙齿咬紧桑叶的边沿,便不再松开,迫不及待、连续不断地啃食着。渐渐地,蚕室里小雨淅沥沥,然后大雨沙沙沙,沙沙沙……

这是父亲最喜欢听的声音,他说,这是它们在说话呢。

我不信。

他说,它们在告诉我,它们很健康,这桑叶很好吃,它们吃了还要吃。说着,父亲露出欣慰的笑容。

我高三那年的春天,他整天整夜陪伴这些小生命已经20多天了。蚕种领回来时只有蚂蚁一般大小,两张暗黄的纸上密密麻麻数不清多少只。

蚕种领回来之前,父亲就开始了忙碌,蚕室里里外外用石灰水消毒一遍又一遍,养蚕的工具蚕匾、蚕网也都洗净、消毒、晒干。

蚕种领回来的那天,父亲早早生好炉火,烘暖蚕室一角的暖房,怕春天温度太低冻坏小蚕。这也是我们家唯一舍得烧煤炉取暖的时候,冬天再冷也不舍得,最多灌个热水袋取暖。

可是对小蚕,父亲是极大方的,煤球炉要连续烧好几天,等气温上升到二十度以上,蚕蜕过了两次皮,起了二眠,才会停止。

这段日子,父亲将采回的桑叶晾干露水,切碎,撒匀。墙壁上那根长长的温度计,父亲每天要观察好多遍,让我觉得养蚕是一件很神秘、很有技术含量的事。

我很好奇,问父亲,蚕又不说话,怎么才能知道温度是否适合,它们是否健康?

父亲说,蚕自己会说话。温度太低,它们就懒得动,身子缩着,食欲缺乏。温度适合时,它们就会舒展身子,胃口大开。蚕沙发软,是告诉你湿度太大、桑叶太湿。皮肤发黄,是告诉你要蜕皮了;皮肤白里发青,是告诉你很健康;皮肤发白,是告诉你,得了白僵病了,要用药了;四眠后,吃了五六天桑叶,身体开始变得透明，那是告诉你要上蔟做茧了；上了蔟到处爬不肯做茧，是告诉你它中毒了，不能吐丝了。做好的茧，摇一摇，里面有轻微的晃动声，是告诉你可以摘茧去卖了……

父亲如数家珍，滔滔不绝，眼中满是期望。

母亲患病去世后留下了两千多元的债务、未成年的我和弟弟。两千多元在1988年可是一个天文数字，家中唯一的经济来源就是养蚕，所以父亲把所有的期望都寄托在这些蚕儿身上。

蚕儿在父亲的精心喂养下，渐渐长大，由一张蚕匾扩展到十张，二十张，三十张，五十张……码了满满一屋子。搭起的架子上放满了一层又一层的蚕匾，每天铺了一层又一层的桑叶。起过四眠后的蚕开始疯吃，整天整夜从不间断。

桑叶是父亲一筐一筐从桑田里担回来的。以前是母亲采了桑叶，父亲担回，然后一起喂食。可现在只有父亲一人，在密密麻麻的桑田里，默默地一片一片采下桑叶，再一筐一筐地担回家，再一把一把地铺上蚕匾。我只有下了晚自习回来才能帮上一点忙。

沙沙沙，沙沙沙……这是告诉父亲它们还要吃，还要吃。

桑叶在它们的身下不断地缩小缩小，直至只剩下一层层叶子的筋络。

父亲刚铺上一层厚厚的桑叶,一会儿就由绿色变成了白里带青的蚕儿一片。蚕儿越长越胖了,可是父亲却越变越瘦了。

终于蚕儿不再疯吃了,身子也渐渐变得透明起来,那是告诉父亲它要做茧了。

又是一个白天接连一个整夜地捉蚕,因为蚕成熟的时间有先后,要把先透明的分拣出来,放到蚕蔟上。这要连续作战,因为一耽搁,有些蚕就会在蚕匾上乱吐丝。

父亲不停地观察蚕蔟上蚕的状况。今年的桑叶长势特别好,枝繁叶茂,蚕儿也长得特别壮实,按这个势头做出的茧应该很大很厚,应该能卖个好价钱,一两百元应该不成问题,可以先还去一部分欠债了,父亲心里盘算着。

一天过去了,两天过去了,做茧的时间早到了,可是这些上了蔟的蚕,只顾摇头晃脑,却不肯吐丝。

父亲的脸色越来越灰,越来越灰。蚕儿告诉他,它有满肚子的丝却吐不出,好难受。

父亲知道这是农药中毒的典型症状。

一切辛苦全白费了,一切希望全消失了。

空气中只要有一丝的农药味,蚕都会中毒。重则不吃桑叶，轻则桑叶照吃，就是不吐丝，不做茧。

哪来的农药？只有天知道！因为是空气中飘来的，遭殃的还有好几家。

欲哭无泪，欲诉无门……

我只有责怪曾经沙沙作语的蚕，你为啥不早点告诉父亲空气的异常呢？为啥要等到耗尽了他所有精力才告诉他这残酷的结局呢？

蚕室里再也没有了蚕语，没有了沙沙声，因为父亲病了，几个月后也随母亲去了。

也许，那边的天堂里父亲和母亲正一起倾听蚕语：沙、沙、沙——

2018.6.8

2019年高考作文

美美与共，才能美不胜收

今天端午节，我们一家三口准备驱车远行，害怕堵车，于是决定起早出发。可是这一大早去哪里吃早饭好呢？

先生几十年如一日，早饭一定要喝粥。儿子最不喜欢喝粥，喜欢喝咖啡。我呢，虽不特别挑剔，可是要有杯热豆浆，那最美不过。

最后，三人竟不约而同地说出了同一个地方。

来到店门口，一推门，清新、凉爽迎面而来。点餐台前，我们都找到了自己的最爱：先生一碗香菇鸡肉粥，一根安心油条；儿子一杯美式咖啡，一个汉堡；我一杯浓香豆浆，一份蛋黄肉酥饭团。

坐在高大明亮的落地窗边，听着悦耳怡情的轻音乐，一边吃着美味，一边远眺街景，几缕初夏的阳光透过树梢，斜斜地透过洁净的玻璃，柔和、明媚。

豆浆的香浓绝不逊于我用破壁机自制的,饭团香软甜糯,蛋黄沙咸适度,肉松松脆,黄瓜鲜嫩。

我不说,你可能已经猜到这是哪里了。对,就是肯德基。

可是,这还是那个最早进入中国的洋快餐吗?

你若说它是,可它的菜品已经不只是当初登陆中国时的炸鸡、汉堡、薯条之类了,烧饼、油条、老北京鸡肉卷、饭团、豆浆、皮蛋粥等极具中国特色的菜品一个接着一个登上餐桌。

你若说它不是,可是它传统的炸鸡、薯条等菜品,洁净的厅堂,舒适宜人的环境,独特的经营模式和经营理念,还是当初的那个洋快餐。

我不禁感慨万千,佩服至极。这不正是典型的中西合璧、中外融合吗?

现在的肯德基既保留了西式快餐便捷、卫生、舒适的优点,又吸收了中国传统美食四季有别、风味多样的优点,美美与共,从而产生了更多、更新的适合中国人的美味。

其实,美美与共、产生新美的何止是肯德基呢?

著名华人建筑设计师贝聿铭先生设计的苏州博物馆,既有中国江南传统的白墙黛瓦,苏州园林的假山亭台、翠竹清潭,又有西方现代建筑的简洁明快、宽敞通透、坚固实用。贝先生融汇了中西方建筑之精华,创造出了美轮美奂的绝世佳作。

汲取各方之美,美美与共,不仅可以创造出美味、美馆,还能创造出更多的美好。

金庸先生的《天龙八部》《射雕英雄传》《神雕侠侣》《碧血剑》等诸多武侠小说,就像著名学者、北大教授严家炎先生所说,"武侠其表,世情其实,透过众多武林人物的描绘,深入写出历史和社会的人生百态","活泼轻松有时又令人沉重,兴趣盎然又启人深思"。这些作品,既具有通俗小说的娱乐性,又具有严肃文学的哲理性、思想性。正是因为金庸先生融合了通俗小说和严肃文学各自的特点,才创作出了如此美不胜收的文学作品。

他作品中的人物也绝不是旧式武侠小说中睚眦必报、滥杀无辜、"快意恩仇"式的英雄,而是具有民族平等、个性独立、主张融合的现代思想、现代精神的人物。金庸先生这种对传统文化的"浸润""萃取",对现代思想的吸收,才使得他笔下的人物个性鲜明、生动可爱。

我们的社会也正是在这种不断地融合,不断地共存相生中,创造出各种新的美味、新的作品、新的思想,从而让我们的生活精彩纷呈,美妙无比,活力无限。

我们享用了心仪的早餐,驱车前行,度过了一个与众不同的美好的端午节。

2020 年高考作文

愿与你一同优雅为师

一年前,偶然在朋友圈看到一篇文章——《我梦想做一个优雅的教师》。初看标题,不禁在心里哂笑——唱什么高调,我做教师都已经做得疲惫不堪,你竟然还想优雅!我倒想看看你是如何优雅的。

看完文章,我却不禁肃然起敬。

作者说:"现在校园里戾气很多,刻板、教条、机械、冷漠……许多学生,只要学不死,就往死里学……很多老师恶狠狠教书……我们的教育失去了从容优雅的风度,我为此感到深深的遗憾。"

是啊,做了二十几年的教师,越做越觉得理想与现实的遥远,越做越对自己感到失望。

他还说:"优雅不起来,不等于我们不可以想象。如果连想象都没有了,那就属于自然认同,这才真正可怕。"

他说，做个优雅的教师，一定要做到三个方面——宁静、伟岸、高贵。

他说，教师的内心要宁静。教师不能急躁，更不能焦灼。教育一旦失去了耐心，就会变得急功近利，就会肤浅、潦草，也就很难走入学生的心灵。

他认为教师的精神要伟岸。教师应该是知识的殿堂、精神的灯塔、人格的榜样，要让学生有巍巍乎高哉的感叹。

他说，教师要高贵。高贵不是拥有香车宝马，也不是衣着光鲜，而是举手投足间自然而然流露出来的优秀品质和良好习惯。

看到这些，我不禁扪心自问，我们在批评社会浮躁、学生急躁的时候，我们自己的内心不也很浮躁、很急躁吗？要想让我们的教育真正回归教育，教师内心的宁静、伟岸、高贵是多么重要啊。

做个优雅的好教师，不就是我当初的愿望和梦想吗，我为什么要因为外界的干扰而改变初心呢？

他让我坚定了做一个优雅的教师的信心。

公众号的名字，也是一个中学老师的名字，他叫王开东。

王老师，您知道吗？从此，我成了您忠实的粉丝，每天阅读您的文章成了我的必修功课。

这些年来，您虽有繁重的教学任务，还坚持日更一文。您知道吗，您的毅力和文章给了我许许多多的启发和力量。

读您的文章，有一种"于我心有戚戚焉"的喟叹；读您的文章，有一种"柳暗花明又一村"惊喜；读您的文章，有一种醍醐灌顶的顿悟。

您知道吗，在您的影响下，我的内心渐渐地远离了焦躁，远离了功利。我越来越坚信，一两次的考试成绩并不能证明什么，让学生保持强烈的求知欲才是最重要的。我也更加坚信，传授知识并不是最重要的，而传授获取知识的方法，培养学生的创造性思维才是最重要的。

您知道吗，现在我也把做一个"优雅的教师"作为自己的梦想。为了实现这个梦想，为了能做到精神的伟岸与高贵，我正在不断地学习与提高。

教学之余，我又重温了古今中外的许多经典，尤其是认真研读了儒家经典《论语》，我深深地体会到了先师孔子身上那种"如切如磋""如琢如磨"的不懈努力，深深体会到了拥有"君子之风"对做一个优雅的教师的重要性。

您知道吗，我也向您学习开了一个公众号，我也经常写一点教育教学、为人处世方面的小文章，我虽然没有您那么大的影响,但是也有越来越多的网友点击关注了我。一年多来,我竟然也写下了四十多篇小文章。

网友们的每一次点赞、每一次分享,都给予了我许多的惊喜与成就感:我的文字竟然也有人喜欢,我的文字竟然也能引人共鸣,我的文字竟然也能让人感动,我的文字竟然也能给人以启迪……

我忽然觉得原来做老师的感觉也可以是很好的,因为我的这些思考、这些文字都是在教与学的碰撞中产生的火花,如果离开讲台,我的思维也许会迟钝、我的灵魂也许会生锈。

一边与学生共读经典、探讨人生、寻求真理、净化灵魂,一边把这些思考、这些感悟写成文字,这不就是一种优雅吗?

王老师,谢谢您,是您的启发、您的指引才让我有了如此的优雅和自豪。

虽然我们从未谋面,您也许根本就不认识我,可这并不影响您给我指导和启迪,这得益于智能互联网的神奇魅力。

我打开手机,点击订阅号助手,今天新增关注我的人数为十九人。我有些窃喜,也有些内疚。窃喜的是,关注我的人数在不断地增加;内疚的是,这些天我并没有更新文章,这感觉就像家里新来了客人,我却端出了几盘剩菜,而且质量一般。我诚惶诚恐,惴惴不安。

您知道吗,我越来越感到笔端的沉重,越来越感到一份沉甸甸的责任。我一面渴望像您一样优雅地做个教师,同时也深感"铁肩担道义,妙手著文章"的沉重。

这也许就是所谓的"同声相应、同气相求"吧。

2021 年高考作文

"强"不张狂，"弱"不失志

"生而强者不必自喜也，生而弱者不必自悲也。"因为强可以变弱，弱也可以变强。其实，强弱的变化何止体现在人的身体方面呢，世上万物皆是如此啊。大到一个国家，一个民族，小到一个企业，一个家庭，一个人，又何尝不是如此呢？

我忽然想起小时候父母常常教育我的一句话——穷不失志，富不张狂。意思是说一个人在穷困潦倒的时候不要失去志向和理想，在富裕的时候不要得意忘形。

今天我很想套用一下这句俗语，叫作——"强"不张狂，"弱"不失志。

人的身体即使再强壮，如果滥用其强，不注意珍惜，最终也许会变得衰弱。是啊，一个人如果自恃身体强健，便张狂不已，争强好斗，或者放纵自己，恣意妄为,终归有一天会变得伤痕累累,血气亏损,精力耗尽,从而变为"至弱"。

一个国家,如果自恃强大而张狂,便会野心膨胀,竭力扩张,欺负弱小,横行霸道。想当年,吞并诸侯各国而建立起来大秦帝国不可谓不强,可是短短十四年后,"戍卒叫,函谷举","一夫作难而七庙隳",秦国便在农民起义的大潮中迅速灭亡了。同样,强大的古罗马帝国、纳粹德国的灭亡不也是非常迅速吗?

一个家庭,譬如《红楼梦》中的贾府,不可谓不强,不可谓不富。官至公爵,又是皇亲国戚,既富且贵。可是贾家的那些后代们自恃富贵,依仗祖上的恩荫,锦衣玉食,荒废学业,不思进取,甚至聚众赌博,荒淫无度。贾府最后"急喇喇似大厦倾,昏惨惨似灯将尽","好一似食尽鸟投林,落了片白茫茫大地真干净"。家破人亡,凄凉无比。

还有一些人,一旦功成名就,事业有成,便妄自尊大,得意忘形,目空一切,甚至置道德与法律不顾,最终落得个身败名裂,锒铛入狱。

所以,无论是国家、家庭,还是个人,要保持住"强大",必须做到不张狂,不忘形。要时时保持清醒头脑,要居安思危,要不断学习,要励精图治。否则,国必亡,家必衰,人必败。

同时,一个国家,一个家庭,一个人,如果处于弱势,处于困境,一定要做到"弱不失志",一定要有理想,有目标,有行动,这样才能走出困境,由弱变强。

中华人民共和国刚刚成立时,是那样积贫积弱,可是党和国家领导人对前途并没有失去信心,而是科学地制定了一个又一个"五年计划",循序渐进地带领全国人民发奋图强、改革开放、务实创新,才有了我们今天举世瞩目的辉煌成就。

《平凡的世界》中的孙少安贫穷得"食不果腹,衣不蔽体",可就在那样的贫困之中,他一直心存理想,希望通过自己的勤劳和努力,能够让家人过上幸福的日子。当改革开放的春风一到来,他便迅速地抓住机遇,开办砖厂,勤劳致富。

我们一代又一代的莘莘学子,虽然年轻,虽然稚嫩,可正是因为他们从小立志,埋头苦学,勤勉钻研,长大后才成了各行各业的中坚力量。

所以,"弱"不失志,国可强、家可兴、人可立。

只有"强"不张狂,"弱"不失志,才能国恒昌、家恒兴、人恒立,也才能由弱变强。

2022年高考作文

从"香菱学诗"与"马斯克造火箭"谈"妙"从何来

围棋中"本手是基础,妙手是创造","对本手理解深刻,才可能出现妙手。"读到这里,我不禁想起了两个似乎风马牛不相及的事情:一个是《红楼梦》中的"香菱学诗",一个是"马斯克造火箭"。

香菱是薛蟠花钱强行买来的丫头,她羡慕黛玉、宝钗等姑娘们会作诗,也想学习作诗,并且拜黛玉为师。黛玉是写诗高手,她让香菱先别急于写诗,而是让她先读一百首王维的五言律诗,细心揣摩透熟了,然后再读一二百首杜甫的七言律诗,然后再读一二百首李白的七言绝句,然后再看一看陶渊明、应玚、谢灵运、庾信、鲍照等人的诗。黛玉说:"不用一年的工夫,不愁不是诗翁了。"

于是香菱便按照黛玉的教导,"茶饭无心,坐卧不定"地熟读了许多名家诗歌,又认真揣摩诗歌的意境以及诗句精妙之处，又多次反复练习写作，终于写出一首"妙"诗，并得到了黛玉等人的称赞："这首不但好，而且新巧有意趣。"

香菱最终写出了"妙"诗，来源于她熟读精思了三四百首前人的好诗，熟练掌握了写诗的基本技巧和精髓，就像围棋的"妙手"来源于"本手"一样。

被称为"钢铁侠"的马斯克，是太空探索技术公司（SpaceX）CEO兼CTO、特斯拉公司CEO。其实他还是太空探索技术公司的首席工程师、首席设计师兼执行官。他亲自参与了火箭的设计与制造。在常人眼中马斯克就是一个天才，一个超人，精通多种技术，同时掌管多家公司，就是一个"妙手"。

可是，又有几人知道他的超常能力是如何产生的呢？

马斯克从小便是个书迷，是个"读书狂"。他弟弟回忆说，从年少时开始，马斯克一天就花十个小时阅读，一天读完并消化两本不同类型书籍的知识点。儿童时期的马斯克，就已经将两套百科全书读得烂熟于心了。连马斯克自己也承认，他从小保持的阅读习惯，他的海量阅读，是他所有疯狂想法的底气。

马斯克如今在许多领域所获得的成功，所进行的创造，其实都离不开他对基础知识和技术的广泛学习，这不正如围棋的"妙手"之出于"本手"吗？

香菱学诗和马斯克造火箭看似相距甚远，毫不相关，可是当我们究其根本，探寻他们的成功原因时，不难发现，无论文学艺术的创作，还是科学技术的发明创造，其实都离不开基础知识的积累与掌握，因为这些基础知识都是前人实践经验的总结，只有充分掌握这些基础知识，才能少走弯路，才能有所创新。

所以各行业的"妙手"一定都来自"本手"，没有对基础知识、基本技术、基本规律的掌握，创新便是空中楼阁，便是无本之源、无根之木。

但是，并不是所有的"本手"都可以变成"妙手"，有的可能会变成"俗手"，甚至"烂手"。比如纸上谈兵的赵括，所读兵书不可谓不多，不可谓不熟，但是却在战场上惨败，使赵国数十万士兵被秦军活埋。那是因为他只懂得读死书，死读书，不懂得结合实际灵活运用。

再比如，邯郸学步中那个燕国的少年，因为听说赵国邯郸人走路的样子很优美，于是便千里迢迢来到邯郸学习。结果，他不但没有学到邯郸人走路的样子，而且把自己原来走路的步子也忘记了，最后只好爬着回去了。于是"邯郸学步"就成了机械学习、生搬硬套的代名词。

所以，我们既要虚心学习，又要"会"学习，要善于思考,要结合实际,要懂得融会贯通。

正如香菱的苦思冥想,当她百思不得其解时就去向黛玉请教,然后把诗歌的技艺与自己曾经的经历、情感相结合,终于写出"妙"诗。

正如马斯克的善于提问,善于发现事情背后的运作原理,善于结合实际解决问题,所以才有了火箭可回收之"妙"术。

"本手是基础,妙手是创造。""对本手理解深刻,才可能出现妙手。"围棋如此,写诗如此,造火箭如此,世间万事皆如此。

2023 年高考作文

伴我一生的红楼故事

莫言在诺贝尔文学奖获奖感言中称自己是"一个讲故事的人"。是啊,好的文学家往往都是讲故事的高手,好的文学作品也往往都有好的故事,而好的故事又常常能触动人的心灵,给人以启迪,给人以智慧,给人以力量。《红楼梦》便是这样的好故事。

曹雪芹在《红楼梦》里给我们讲述了地位显赫的贾府一步步走向"好一似食尽鸟投林,落了片白茫茫大地真干净"悲惨结局的故事。

三百多年来,《红楼梦》的故事不断地被世人阅读、传诵,它给一代又一代人以心灵的滋养和启迪。

初读红楼故事时,我尚是一名大学一年级的学生。那时最让我感动的人物是林黛玉。她幼年就失去双亲,后来寄居到外祖母家——贾府中。她聪明灵秀、自尊孤傲、多愁善感,常常以泪洗面,自怨自怜。

那时的我也刚刚失去双亲,寄居在外祖母家,虽然他们一家人对我都极为关心,可是那时的我却极为自尊、极为敏感,常常哀叹命运的不公。所以,初读红楼的我总感觉和林黛玉同病相怜,她笑我也笑,她哭我也哭。哭着哭着,悲渐渐淡了,心渐渐明了。

再读红楼故事时,我已为人妻、为人母、为人儿媳妇。这时最吸引我的人物是薛宝钗。因为黛玉那种敏感、自尊、多疑、爱使小性儿的生性,会让我在处理复杂的家庭关系时举步维艰。而宝钗为人处世的周到,待人接物的大方得体,她的善解人意、冷静沉着,让我多了份生活的智慧和淡定。

三读红楼故事时,我已经步入职场多年。这时最吸引我的人是王熙凤,她的精明能干,她的雷厉风行,她的随机应变,是职场中多么需要的才能啊。可是她的狠毒、她的贪婪、她的飞扬跋扈、她的徇私枉法,加深了贾府内部的矛盾,让贾府快速地走向了衰亡的边缘,这些都时时警醒着作为职场人的我——月满则亏,水满则溢。

现在重读红楼故事,最吸引我的却是贾母。她在贾府虽然有着至高的权力与地位,却有着一颗仁爱之心:刘姥姥进大观园时,贾母怜贫惜老;小道士被王熙凤打骂时，她立即阻止并加以抚慰。她虽然鬓发如银，年事已高，但是她很受孩子们的喜爱。她跟孩子们说笑玩乐，猜谜听曲，其乐融融。贾母健在时，大观园就是孩子们的青春乐园，她就是庇护孩子们成长的大树。贾母的德高望重，不正是年华渐逝的我应该学习的吗？

可是，我也常常想，贾府的衰落，贾府的后继无人，贾母是不是也有责任呢？贾母对后代的教育是不是也需要反思呢？其实，教育不应该只有温馨的呵护，还应该有严格的要求。

不同年龄、不同心境，即使读同一个故事，感悟和收获也不尽相同。好的故事，好的作品，常常能启发和影响人的一生。

好的故事又何止《红楼梦》呢？古今中外的许多经典作品中都有好的故事，都能给人以智慧和启发，给人深远的影响：

海明威的《老人与海》，可以让人懂得"人可以被打败，却不可以被打倒"；雨果的《巴黎圣母院》，可以让人懂得真正的美是心灵之美；奥斯特洛夫斯基的《钢铁是怎样炼成的》，可以让人懂得人的一生不应碌碌无为、为人卑劣；路遥的《平凡的世界》，可以让人懂得平凡的人身上也有着不平凡的美德……

　　所以，我们不仅要多读名家名作，品读其中好的故事，还要像这些名家一样，学会"讲故事"，多讲好故事。

2023.6.7 晚

闲情碎语

中秋之月啊，何事长向别时圆？

我一向认为自己很乐观、很豁达，早就看淡名与利、生与死、悲欢与离合，可最近却忽然多愁善感了一回。

因为疫情的原因，儿子好久没有回家了，最近疫情有所好转，终于可以回家过中秋节了。先生也从外地回来了，冷冷清清的家一下子有了许多烟火气，煎、炒、炸、卤、炖，许久不练的厨艺竟然没有荒废。累并快乐着。

今年的中秋节是假日的最后一天，按照往年的经验，这一天路上一定会很堵。儿子曾经被堵过十三个小时，堵怕了，于是就跟我商量可不可以早点走。

我心里有一百个不愿意，可是怕孩子堵路上受罪，便假装轻松地说："好啊，没关系的，我们已经聚了。"

儿子上午出发，先生下午出发，爷爷奶奶回乡下帮女儿家采桑养蚕。热闹的家一下子静了,空了。

夜幕降临了,我走到阳台,躺上摇椅。晾衣架、花盆、狗狗可乐都笼罩在明亮的月色之中,一切都随着摇椅一摇一晃,一晃一摇……外出的人都已平安到达了他们的城市,一切安好。

站起身,准备弄点吃的然后出去散步。一抬头,"皎皎空中孤月轮",比以往任何时候都圆,都亮。难怪苏东坡要发出千古长叹——何事长向别时圆——月亮啊,你为什么偏偏要在离别之时这么圆呢?此时的我不禁感同身受。

我从冰箱里拿出一盘剩菜,从电饭煲里盛了一碗剩饭,放到微波炉里转了两圈。窗外隐隐约约传来烟花毕毕剥剥的声音,可乐瞪着惊奇的眼望着我,我懒得理它。它便耷拉下耳朵,叹息一声,趴到我脚边,默默地注视着我。

我拿起筷子,却又放下。很饿,却不想吃;想出去,又怕见那圆月;想约朋友,又怕打扰人家的团圆……我忽然感觉好似身处孤舟,四周是茫茫大海,无边无际,波光荡漾。渐渐地,渐渐地,一切都模糊了,模糊了……眨一眨眼,原来是泪眼昏花。

我拿起手机,脑中快速思索,该拨给谁呢?可以打扰谁呢?

最终我拨给了舅舅。父母早逝,舅舅、舅母收养了我们。多年来,我一直以他家为娘家。舅舅很高兴地说:"我们正准备吃晚饭,你快来,我们等你。"

我赶紧出门打车,可等了好久才约到车。师傅说,大家都回家过节了,今晚车很少。二十分钟的车程等于花了一个多小时才到达。舅舅家位处农民拆迁安置小区,我一下车,远远地便看见每排地面车库前都烛光闪烁。走近一看,原来每家车库前都放着一张小桌,小桌上放着香炉、烛台、月饼、瓜果。烛火在风中摇曳不定,闪闪烁烁,给人一种恍惚迷离之感。

我忽然记起,这是在祭月。

好多年前的这个晚上,我的父亲母亲也是这样,在月光之下,正屋门前,放一张半旧的红漆杌子,摆上供销社买回的五仁月饼,还有刚摘下的柿子、扁豆,点上蜡烛,焚上香,再祷告两句——希望明年还能风调雨顺、五谷丰登。等香燃尽,我们就可以吃那月亮娘娘享用过的月饼了。

月饼是不舍得一下子吃掉的,先一层一层、小心翼翼地揭开那油油的、脆脆的面皮,放进嘴里,最后才吃馅儿——红绿丝儿配五仁,甜得发齁,香得沁脾。

一个人只有一块月饼,当然不舍得一下子吃掉,每次只掰一点。掰的时候很容易有碎屑掉到桌子上,这时我们会用手指很细心地把碎屑捏起来放进嘴里,实在捏不起来的,就伸长舌头去舔,桌面经常被舔得干干净净。这样,一块月饼可以吃上好几天呢,为的是让幸福留得更长、更久。

我在烛光中穿梭,在记忆中流连,不远处黄晕的路灯下有人焦急地大喊我的名字,原来是舅妈——他们全家老少都站在楼下等着我。

这晚的菜真香!

我也纳闷,自己已是知天命之人,却为何会在中秋之夜变得如此多愁善感呢?细细想来,原来都是那月亮惹的"祸"——何事长向别时圆?

其实,这晚多愁善感的又何止我一个人?

君不闻张九龄的感喟:"海上生明月,天涯共此时。情人怨遥夜,竟夕起相思。"

君不闻张若虚的幽思:"谁家今夜扁舟子?何处相思明月楼?"

君不闻王建的愁绪:"今夜月明人尽望,不知秋思落谁家。"

千百年来,这一轮中秋之月,不知勾起了多少中华儿女的思乡怀人、企盼团圆之情。这种情愫不只存在于过去,如今依然浓烈,将来也还会绵延不绝——这就是一种文化,一种生生不息的中秋文化,它已经深深地烙进了我们每一个人的骨髓里。

下一个中秋之夜,一定是一个团圆之夜。

你的心底也有这样一盏兔儿灯吗？

前天下午带着狗狗可乐在河滨公园散步，儿童游乐场边有几个地摊正在售卖儿童玩具，一个花灯的地摊吸引了我，我猛然想起——马上就是元宵节了。

我驻足，蹲下身子，饶有兴趣地欣赏起来：荷花灯、鲤鱼灯，各色各样，五颜六色。其中有一款兔儿灯吸引了我：长长的白耳朵，圆圆的红眼睛，蕾丝做成的身子，身下有四只小小的轮子，背上系着两根彩色的线，可拎，可拉，玲珑别致。摊主说，这款可以点灯的。说着还从塑料口袋里掏出一个白色的电子蜡烛，说可以用好几天，很安全。

我左看右看，爱不释手。元宵节了，家里要是有一盏这样可爱的兔儿灯，应该会增添许多趣味。

我真想掏出手机付款买下。可转念一下，买给谁玩呢，这可是儿童玩具。过去还可借着儿子的名义买个玩玩,现在儿子都工作了,我总不能借着可乐的名义吧。犹豫片刻,我还是抱歉地对摊主笑笑,走开了。

可是,在回去的路上,心里一直都牵挂着那盏兔儿灯:长长的白耳朵,圆圆的红眼睛,透明的蕾丝,再在里边点上一盏小小的灯……

"正月正,正月十五,闹花灯",这种热闹景象,在我童年的记忆中也只限于歌词里、故事里。

那个年代,家中照明只舍得用一盏昏黄的煤油灯,拥有一盏玻璃罩灯都是极为奢侈的,更别提正月十五闹"花灯"了,哪有"花灯"可闹?正月十五的晚上,父亲会在小油灯之外再极为大方地点上两支红蜡烛。烛火摇曳,烛光弥漫:简陋的桌椅、斑驳的泥墙、墙脚的农具、墙上新贴的年画、芦苇做的屋顶、悬挂于屋梁下泛黄的竹篮,父亲母亲谈论着来年的生计……

十来分钟后父亲便会走到蜡烛前,伸出右手,微拢手掌,放到烛火的后边,再用劲一吹,只留下烛芯的残烟袅袅上升。这样,正月十五元宵节的仪式便全部结束。可歌曲里、故事里的兔儿灯却没有消失,会在我的脑海里、梦里萦绕很久。

后来,每年的元宵节,我便借着儿子的名买一盏兔儿灯,陪他玩,其实也是自己玩。

再后来,孩子大了,也总在元宵节前便出门上学、工作了,兔儿灯也久违了。

一边走,我一边嘲笑自己,都一把年纪的人了,还惦记着兔儿灯,好没出息。

可是,没有兔儿灯,没有花灯,元宵节还算元宵节吗?正如没有对联、没有福字、没有窗花的春节还算春节吗?没有粽子的端午还算端午节吗?没有月饼的中秋还算中秋节吗?

欧阳修在《生查子·元夕》中写道:"去年元夜时,花市灯如昼。月上柳梢头,人约黄昏后。""花市灯如昼",可见当年元宵佳节灯之多,灯之亮。

辛弃疾在《青玉案·元夕》中写:"东风夜放花千树,更吹落,星如雨。宝马雕车香满路。""众里寻他千百度。蓦然回首,那人却在,灯火阑珊处。""花千树""星如雨"足见灯多,"宝马雕车香满路",足见豪车多、美人多。虽然词人"蓦然回首",发现他喜欢的"那人",只身在灯火昏暗之处,不喜热闹,可是我们还是在词中领略到了当年元宵佳节的热闹非凡。

自古以来元宵节似乎就应该热闹,所以有"闹元宵"之说。元宵一过,也就意味着春节的结束,一切都要步入正轨。对要出远门的人来说,元宵过后就是别离了。所以元宵节热闹一番,把春节的气氛推至极点也就显得很有必要了。新年的第一个月圆之夜走出家门、观灯、赏月、猜谜、会友,热闹而浪漫。

可是现在,春节过后好多人早早地就回到了各自生活的城市,走上了各自工作的岗位。这两年灯会也都取消了,元宵节也不再热闹了。

可是,我总觉得元宵节应该有"花灯",哪怕是一盏小小的兔儿灯。

于是我转身,又来到那地摊前,果断地买下了一盏兔儿灯,为我自己,为元宵节。

这两天,放在案头的兔儿灯不时地提醒我——元宵节快到了。看着那可爱的模样,不禁会心一笑,心底里一暖:虽然无人可"闹",可有"灯"相伴,也别有情趣。

常常听人感慨:"这年味儿越来越淡了!"为什么呢?穿新衣,吃美食,贴对联,贴福字,发红包,走亲戚,一样都不少啊!可怎么就总觉得"味儿"淡了呢?

细细想来,也许是因为从前只有过年才会有鱼肉荤腥,才舍得穿新衣。盼星星,盼月亮,好容易盼到了过年,终于可以享受一下。那种喜悦,那种满足,那种幸福,真如久旱之甘霖,刻骨铭心。

可是现在鱼肉荤腥各种美食,天天可以享用,新鞋新衣随时都可以买来穿上,不必长久地煎熬、等待。没有了期待,获得后的喜悦与幸福也就淡了许多。

所以说,有所期待,才有幸福,这种说法很有道理。

我很佩服古人的智慧，故意设定了许多节日。不同的节日，仪式不同，享用的美食也不同，元宵节赏灯、猜谜，清明节踏青、祭祖，端午节吃粽子、赛龙舟，七月半包饺子，八月半中秋赏月、吃月饼，九月九的登高，冬至的汤圆……节日这一天可以玩、可以吃，名正言顺。忙碌了一阵，停下来享受一下，过一个节日，然后再期待下一个节日。人们在这种期待——满足——再期待——再满足的循环之中生活着，乐此不疲。

这些传统节日里人们不仅可以享用时令美食，还可以通过观灯、踏青、赛龙舟、登高等活动走进大自然、融入大自然，会友，娱乐，享受辛勤劳作后的轻松，不亦快哉、乐哉！

这两年没有了"花市灯如昼"的热闹，没有了"东风夜放花千树，更吹落，星如雨"的缤纷。可是，买一盏或者亲手制作一盏花灯，一盏兔儿灯，再来一碗香甜软糯的元宵，元宵节的氛围也会既浓且香的。

我已经把兔儿灯高高地悬挂起来，并且点亮了蜡烛。烛光闪烁，元宵飘香。

朋友，您心底里也有一盏这样的兔儿灯吗？来一盏吧，无需借口，只为自己，只为元宵佳节。

祝元宵节快乐！

以善护善，善莫大焉

农历七月的最后一天，按照我们海安的习俗，这天晚上要在各个路口、河道边，点一些纸钱，烧给那些平时没有人祭奠的孤魂野鬼，给这些孤苦的亡灵们一些救助，同时也祈求家人在路过这些地方时能够获得亡灵们的护佑，俗称"斋孤"。据说这一习俗已经延传千百年了。

夜幕刚刚降临，人们就把纸钱放在拎包里，或者夹在胳肢窝里，或步行或骑车。有一个人的，也有带着小孩儿的，陆陆续续走出家门。每到一个路口就会停下，向路边的金属桶里放几张叠好的纸钱，火光迅速映红了金属桶边人的脸，有的嘴里还念念有词祷告着。他们的表情是那样的虔诚，那样的温柔，那样的温暖。

我向来是不信鬼神的，可是我却忽然对这群火光映照的脸肃然起敬——连孤魂野鬼都要救济的灵魂，该是多么的有人情味儿、多么的善良、多么的仁慈啊！

而今年的"斋孤"与往年都不相同，充满了特别的"人情味儿"。

往年这天晚上，人们在路口随意地焚烧纸钱，弄得路边的许多绿化植物都因为烘烤而枯死。未燃尽的纸钱随风飘散，又极易引发火灾。

而今天下班回家的路上，我发现许多路边、小区门口都放置了一个镂空的金属桶，桶边的地上放着一个小型扩音器，不断地宣传着文明焚烧纸钱的注意事项。

看着这一个个精心准备的金属桶，我不禁为城市管理者们的良苦用心暗暗点赞——这主意真好，既顺应了人们长久以来的风俗习惯，又防止破坏绿化，引发火灾。

也许有人要说，城市应该明令禁止这种危险的烧纸行为。可是我们这样的县级城市，城乡交融十分密切，许多市民都是刚刚进城的农民，农村的风俗习惯要想一下子改变或者禁止，确实很难。

与其"堵"，还不如"疏"。正确引导市民在安全的地点，用安全的方式，表达对孤苦无依的亡灵的善意的"救济"，这其实是对市民"善行"的一种护卫。

以"善"护"善"，善莫大焉。

今晚的路边增加了许多值班的民警、环卫工、志愿者。每隔一段距离,烧纸钱的桶边就有一个值班的人。夜幕下,他们穿着执勤的黄马甲,站在路边,站在风里,站在闪烁的火光边……

我忽然觉得,他们才是真正护佑我们安全的神明啊。

是啊,我们的传统习俗固然要遵循,但是在乡村、旷野,点些纸钱隐患不大,可是现在我们进城了,城市人口密集、空气污染严重,我们是否还有必要坚持用这种烧纸钱的方式来表达"善意"呢?

时移世易,鲜花祭、电子纸钱祭、网上祭……又未尝不可呢?

城市管理者们为了保护我们的习俗、我们的"善心"、我们的安全,不惜花钱购买金属桶,工作人员不辞辛苦站岗值班。他们以"善"护"善",我们不也应该以"善"报"善"吗?不也应该移风易俗、改变"斋孤"的方式吗?

但愿明年的"斋孤"会变得更文明、更充满善意。

夜行东大街

　　这几天心里有点烦。朱自清心里"颇不宁静"的时候可以去他的荷塘,去寻找他的荷塘月色,可是我没有。我有的只是埋头刻苦的学子,白得刺眼的日光灯,还有热闹得从不知疲倦的马路。

　　我溜到学校对面的街心花园,想一个人静静地待一会儿。可是花园里那些曾觉得很美的夜景灯,今晚却特别的刺眼。我闭上眼,想养一会儿神,可汽车喇叭声却像是在争相比赛一般,一声高过一声。

　　看着马路西边中大街新造的楼群越来越高,忽然想起,东大街也将拆迁改造了。何不去走走,也许它马上就会消失得无影无踪了。

　　东大街虽然就在学校门口,相隔只有几十步,可却很少想起它,很少走进它。街东头有一卖烧饼的,烧饼又香又酥,我曾穿过石板街去解馋。可是石板路上骑车颠簸得很,也就懒得再去。

拐进东大街,路北便是韩公馆,现已改为博物馆。公馆的大门很高,须仰视。路边的灯光有些黯淡,照在石板路上反射出冷冷的光。

街道很长,灯光下的它更显得深远、幽静。笃、笃、笃……鞋跟碰击着凹凸不平的石板,那样的清脆,有节奏。今晚没有雨,没有油纸伞,也没有结着丁香一样愁怨的姑娘,可今晚的东大街却有似乎如戴望舒笔下的"雨巷"一般悠长,悠长。

我继续漫步。右边一路牌上写着"梅家巷"。我来过,是陪我的外祖母来看一位老中医——梅久如。老先生就住巷口,慕名前来的人很多。外祖母起早从乡下赶来,排队等了六个多小时,才得到开药方的机会。老先生九十多岁了,身圆个矮,耳聪目明,弓腰坐在一张老得发亮的藤椅上,望、闻、问、切,一丝不苟。他的药方虽然没能留住我的外祖母,却也为她减轻过许多痛苦。不知老先生今晚还好吗?

路上很少有人走。两边都是老房,很破旧,墙壁上的石灰粉斑驳陆离。余光中笔下"鳞鳞千瓣"的屋瓦此时是不能看见的。低矮的房檐触手可及,我忽然觉得自己高大了许多。

隔了三五户,才有一点灯光。那灯光透过沾满灰

83

尘的玻璃,竟变得更加柔和,给人一丝的暖意。窗里很静,没有任何声息。我好奇地探过一扇半掩的窗,墙上有一张显目的主席像。我赶紧走开,放轻了脚步,怕惊动了老屋里的人。

路灯下又有一牌子,上面写着"新增池巷",很眼熟。忽然记起,这条巷里曾有一位专修钢笔的老人,不知姓甚名谁。五六年前,在巷口的砖墙上"向前5米""向东10米"的指引下,找他修过钢笔。据说老人精修钢笔已经几十年。老人眼睛已经不太好了,完全凭着手感哆哆嗦嗦地帮我换了笔尖,还自豪地指着墙上发黄的报纸让我看那上面关于他的报道。不知老人如今还健在吗?

虽说叫东大街,其实路并不宽大。街道中间是大块的已经凹凸不平的土黄石板,两边到墙脚都铺有青色小砖,总宽度不过三四米。两边沿街皆是房屋、店铺。这么窄的街道曾是海安的繁华之地,我实在想象不出当年的繁华景象。

但这一带确实很繁华,从巷名就可见一斑。梅家巷,是梅姓的集中地,这里的人家世代行医,德技双馨,一直到现在还有子孙继承祖业。陆家巷,居住的陆姓大都是经商的,后人好多去了台湾。最能显示这里地位的是韩紫石先生的故居——韩公馆。韩老光绪年间中举,官至江苏省省长。他在任期间大力为民办事,兴修水利,兴办教育,是我们学校的最早创办人,我们至今仍享受着他的恩泽。国难当头,韩老面对日本人的威逼利诱,大义凛然,宁死不做伪省长。后人们精心地呵护着他的故居,以此纪念他。

青砖、黑瓦、石板路默默不语,却见证着这里曾经的一切,可这一切却将被崭新的高楼大厦所替代。

快到街东头时我原路返回。渐渐地,不再听见"笃笃笃"的鞋底声了,它被马路上的马达声、喇叭声掩盖了。前面依旧是热闹的世界,只是夜景灯不再感到那么刺眼了。

回头看看身后的东大街,竟有些依依不舍。人为什么总要等到快要失去时才懂得珍惜呢?

虽然没有荷塘,没有塘上的月色,但我却有了片刻的逍遥,那是快要消失的东大街给我的。

我有一个这样的婆婆

我的婆婆今年七十八岁,多年前就想写写她,却一直不敢动笔。

最近我常常看江西卫视的《金牌调解》。以前我从不看这类节目,总觉得节目内容不可能真实:有谁愿意抛头露面坐在演播间里,把自家的矛盾公之于众,任别人来说三道四?俗话说"家丑不可外扬",更何况还"扬"到了电视里,"扬"到了天下。

可是,看了几集以后,我从当事人的眼神里读出了真实,那种深陷于剪不断、理还乱的家庭矛盾旋涡里的悲哀、愤怒、无助、绝望,绝对不是一般演员能演出来的。如果有人能演得如此逼真,那我也佩服之至。

节目中调解最多的是婆媳矛盾,涉及方方面面:金钱、家务、教育、穿着、言语、饮食……大大小小,种种纠葛,互不相让,水火不容。有的当事人声泪俱下、痛不欲生,有的愤怒至极、怒火中烧,有的甚至大打出手、两败俱伤……

看到这些,我不禁感慨万分:感谢上苍让我遇到了一个好婆婆。

《论语》里记载,子禽问孔子的学生子贡:为什么孔子每到一个国家都能听到该国的政事?子贡曰:"夫子温、良、恭、俭、让以得之。"子贡回答:他老人家温和、善良、恭敬、俭朴、谦让,这是他用这样的修养去对待别人而得到的。

"温良恭俭让"既是对孔子的品行修养的概括,也是儒家所提倡的待人接物的准则。我觉得换一个字,用"温、良、勤、俭、让"这五个字来概括我的婆婆一点也不为过。不信且听我一一道来。

温

婆婆是个地地道道的农村妇女,我第一次见她时,她才四十六岁,脸圆圆的,很丰润,很和善,总是笑眯眯的。

那时我母亲刚去世没多久,她从家里找出好多零碎的布料,要做一些小衣服让我带回去祭奠我母亲。我不会裁剪,不会用缝纫机。她就手把手地教我。我笨手笨脚,她却很耐心,不厌其烦。我把缝纫机的线卡住,她笑着理顺;我把缝纫机的针卡断,她笑着再换一根;我把袖子缝反,她笑着拆开重缝;我愧疚地自责,她夸我说学得很快……就这样,我们认识了。就这样,我们开始了三十多年的相处。

三十多年来,她总是笑眯眯的,很温和。尽管我有时说话很冲,语气重,她却总是人前人后夸我,说我懂事,说我能干。这令我很是羞愧。

她不只是对我很温和,对身边所有的人都是这样,除了偶尔会骂一下耳背的公公"死老头子"。

我生儿子那年,婆婆患癌手术,公公车祸断腿,老祖母中风卧床。婆婆化疗掉光头发,可是一出院她就回到乡下老家,一人照顾我们四人,做饭洗衣洗尿布,里里外外,上上下下,忙了小的忙老的,没有一刻停歇。就在这样艰难的日子里,她也总是笑眯眯的,很温和,没有一声抱怨。也许是她的温和、乐观、顽强感动了上苍,没有再继续治疗的癌症竟然痊愈了。

良

那年婆婆生病住院,公公车祸住院,年轻的我们不知所措。这时候,老家的亲戚以及全生产队的人自发轮流到医院来照顾他们。那些村里人白天干完繁重的农活,晚上再骑着自行车赶二十几里路到县城,风雨无阻,不计报酬,无怨无悔。

我曾不解地问先生,这些人为什么要这样。他说这些人是来报答她的,因为平时公公、婆婆帮了他们太多的忙。村里的红白喜事他们总主动去帮忙,哪家有个难处、有个急处也总少不了他们。

好多年前,有一天村里来了个外地的中年女人,她向人们诉说着她的不幸遭遇:她被拐卖到此,男人对她很不好,她想逃回娘家,可是身无分文,只有一个戒指,想换点钱做盘缠。边说边流泪,婆婆听了也跟着流泪。

于是婆婆回到家,从枕头下将刚刚卖小麦得来的一千多元给了她,换下了她那黄灿灿的金戒指。我们告诉她说,你上当了,那人是骗子。婆婆却说,怎么可能?那人很可怜。我们把戒指带到县城请金铺的人鉴定,点火一烧,黄灿灿的戒指冷却后变成了银色。婆婆好久都搞不明白,世界上为什么会有这么坏的人。

婆婆二十岁结婚时就做了后妈,公公的第一任妻子生病去世了,留下了五岁的儿子。人人都知道后妈难当。我曾经问她,你当年怎么就选择了做个后妈呢?婆婆笑笑说,没想过那么多。她的付出也有了回报,大哥一直把她当作自己的亲妈,关系非常融洽。

勤

我们有了儿子以后,婆婆就从乡下来县城帮我们带孩子,周末再赶回去种她的几亩地。每天天不亮她就起床洗衣服、做饭,忙个不停。我们劝她多睡会儿,她却说:"一早抵三工,农村哪个人不是天不亮就起来干活,习惯了。"她不光帮孙子、儿子洗衣服,我的衣服连内衣也帮我洗掉。我说内衣留着我自己洗,要不我会折寿的。她却说都是自家的孩子,没关系的。

后来我们强行把地转给别人种,她才安心地在县城住下。三十年来,她天天帮我们忙碌着,几十年如一日,任劳任怨。我生病了,她总是想尽办法做些好吃给我加营养。我的亲生母亲只陪伴了我十八年,可是这位母亲却已经陪伴了我三十年,也用她那勤劳的双手与仁爱之心给予了我三十年的照顾与呵护。

我觉得我是世上最幸福的媳妇。

俭

我最不能忍受的就是她的节俭。每天的剩饭剩菜从来不舍得倒掉,下一顿她就端出来自己吃剩的,这弄得我寝食难安。有时我偷偷倒掉,她会伤心好久,说太浪费了。给她买新衣新鞋,她总是不舍得穿,要留着过年、过节或者出去做客穿。我偷偷把她那些破旧的鞋子扔掉,她又悄悄地捡回来洗洗再穿。就连用过的方便袋也不舍得扔掉,厨房里、柜子里到处都是她囤的方便袋。她总是说"又不坏,还可以再用的"。

我无数次批评她,可是她就是不改。

渐渐地,我发现我也活成了婆婆的模样:剩饭不再舍得随便倒,鞋子不穿坏就不再买新的,衣服不太过时就将就着穿,看见白日灯就要去关掉,去超市也记得带只用过的方便袋……

渐渐地,我发现婆婆的节俭原来有个很时髦的名称,叫作极简主义。

让

每天吃饭,我不到家她绝不先吃,就那么干等着。我责怪她说:"没必要等我。"可她却说:"在外面干活的还没吃,我们在家闲着的怎么能先吃呢?"

每个菜我不先吃她就不动筷子。为了改变她,让她不要这样谦让,我花了好大的精力,可是收效甚微。

邻居家有个老人孤苦伶仃,婆婆每次回去都送些好吃的给他,可是却有人说:"她肯定得了他的好处,要不然怎么会对他那么好!"我们听了很是气愤,要去找那人理论,可她却坚决不许,她说:"头上三尺有神灵,人在做天在看,问心无愧就行。"她依然坚持照顾,一直到老人去世。

她经常说:"你敬人一尺,人敬你一丈。"我说"万一人家不敬你一丈呢?"她说:"那是人家的事,我就不管了。"

这就是我的婆婆。婆婆的美德还远不止这些,我这笨拙的笔呀,又怎么能完全将她写尽呢?

我经常想,可能是上苍觉得我早年的生活太苦了,于是特地让我遇到了一个这样的婆婆。

如今也许是《金牌调解》类的节目、韩剧看得太多了,那些"恶婆婆"使得好多女孩子产生了"恐婆症""恐婚症"。我在这里要说,不必担心,生活中像我家这样的好婆婆还是很多的。

清明祭奠，贵在"心诚意洁"

春雨绵绵，梨花风起，菜花遍野，又是一年清明时。

清明既是踏青寻春的最好时节，也是上坟扫墓祭奠先人的特殊时节。

焚香、烧纸、跪拜，让扫墓、祭奠有了满满的仪式感。

《论语》里曾子说："慎终追远，民德归厚矣。"意思是说，谨慎地办理丧事，虔诚地追念祖先，百姓的品德就会淳厚。我们的祖祖辈辈都很重视"慎终追远"，也很重视祭奠的仪式，并且认为这是淳厚民风体现。

有人说，清明扫墓，可以让我们弄清楚"我从哪儿来""我是谁""我往何处去"的三大哲学命题。是的，只有在先人的坟茔前，我们才能静心思考，原来就是黄土垄中的这些人传承给了我们血脉、精神和财物，没有他们，也就没有我们的今天。只有在先人的坟茔前，我们才能意识到"我"其实就是他们的延续。也只有在先人的坟茔前，我们才会意识到生命的短暂，因为几十年后，这里也将是你我的归处，我们又有什么理由不好好地珍惜现在的每一天呢？

所以，还有人说清明节其实就是中国的感恩节。这种说法，我很赞同。

既然清明节有如此重要的意义，那么无论怎样慎重地、虔诚地去过这个节日，应该都不为过。但是，我觉得随着时代的发展，表达慎重和虔诚的方法应该有所改变，尤其是焚烧纸钱。因为，焚烧纸钱既会带来严重的空气污染，也极容易引起火灾，每年的清明时节也是火灾的高发时期。

清明时节，很多地区都气温升高、干燥多风。植被在枯黄和返青交替的时期，含水量很低，遇到火源极易燃烧。同时，树林间的枯叶、朽木、松果等可燃物，也会为火灾的扩散蔓延提供有利条件。

国家森林防火办公室的信息显示，近五年来，全国因祭扫引发的森林火灾高达三千一百九十八起，占已查明原因的森林火灾的39.6％。

2021年3月13日，宁夏固原市一林场起火，宁夏有关部门先后组织了近两千人开展扑救。但是，最终还是造成了两名救火队员不幸殉职，六人受伤，过火面积约四千亩的重大损失。经调查,起火原因就是附近群众上坟烧纸。

2020年3月,山西省晋中市榆社县发生森林火情,因火场地形复杂、山陡林密、风力较大,火势不断蔓延。最终经过救援人员七天七夜的紧张扑救,明火才被全部扑灭。事后查明,起火原因系犯罪嫌疑人杨某修建墓穴,在墓地附近烧香祭拜、燃放鞭炮,不慎引燃周边枯草而引起。

所以,移风易俗,改变烧纸钱的祭奠方式势在必行。

可是,传统习惯根深蒂固,要改变很难。但是如果我们每个人都有了要改变的意识,然后再从我做起,移风易俗,一定可以做到的。我们历史上不是有许多陋习都在大家的共同努力下得以改变了吗?比如女人缠足……

其实,关于祭奠方式的改变,我们的先辈也一直都在探讨,在努力。例如,曹雪芹在《红楼梦》中就借宝玉的言行明确地表明了他的先进的祭奠观。

丫鬟金钏投井死了。金钏生日那天,宝玉带着小厮茗烟偷偷出城,在水仙庵找了个干净的地方,没有焚纸,只是掏出身边荷包里的一点散香,在香炉里"焚上,含泪施了半个礼,回身命收了去"。焚香,含泪,施礼,简单的仪式饱含了宝玉对金钏的伤悼之情、愧疚之意。更难能可贵的是,仪式结束后宝玉还不忘"回身命收了去"。收了什么去?当然是香炉。好一个细心的宝玉,心意已表,还不忘收去香炉,以免火患。

曾与宝玉一起读书的秦钟早逝,宝玉不能脱身出去祭奠他,于是他就把大观园池子里结的莲蓬摘下十个,叫茗烟出去到秦钟的坟上供他。莲蓬虽小,却寄寓了宝玉对秦钟的深厚的友谊。

清明时节,唱小生的藕官在大观园里烧纸钱祭奠死去的药官,却被管事的婆子抓着要去报告主子,宝玉挺身而出帮她掩护、逃脱,并且让人转告她以后切不可再烧纸钱。

宝玉道:"以后断不可烧纸钱。这纸钱原是后人异端,不是孔子遗训。以后逢时按节,只备一个炉,到日随便焚香,一心诚虔,就可感格了。愚人原不知,无论神佛死人,必要分出等例,各式各例的。殊不知只一'诚心'二字为主。即值仓皇流离之日,虽连香亦无,随便有土有草,只以洁净,便可为祭,不独死者享祭,便是神鬼也来享的。你瞧瞧我那案上,只设一炉,不论日期,时常焚香。他们皆不知缘故,我心里却各有所因。随便有清茶便供一盅茶,有新水就供一盏水,或有鲜花,或有鲜果,甚至荤羹腥菜,只要心诚意洁,便是佛也都可来享,所以说,只在敬不在虚名。以后快命他不可再烧纸。"

在这里曹雪芹借贾宝玉的口说出了不可烧纸钱祭奠。理由有三:首先,纸钱不是孔子的主张。第二,祭奠形式不必拘泥于烧纸,也可以一炷香,一盅茶,一盏水,或鲜花,或鲜果,或荤羹腥菜,或土,或草。第三,心诚意洁,即可感应。

这其实就是四百多年前的曹雪芹的祭奠观。今天依然固守烧纸陋习的我们重新读来不觉得汗颜吗?"心诚意洁",多么的可贵,多么的虔诚,多么的前卫啊!

晴雯死后,宝玉甚至连香也没有焚,而是用晴雯素日喜欢的"冰鲛縠一幅楷字写成,名曰《芙蓉女儿诔》,前序后歌。又备了四样晴雯所喜之物,于是夜月下,命那小丫头捧至芙蓉花前。先行礼毕,将那诔文即挂于芙蓉枝上,乃泣涕念曰"。宝玉以这种独特的形式表达他对晴雯深深的哀悼之情。

在曹雪芹看来,"心诚意洁"才是真正的祭奠,才是对逝者真正的悼念和缅怀,而那些讲究繁文缛节、竭尽排场的祭奠,有时只是一种表演,一种炫耀,一种浪费,甚至是掩盖罪恶的一种幌子。比如贾珍大肆操办秦可卿的丧事,只不过是掩盖他的兽行和罪恶,以及用来与王公贵族加强联系的手段;比如宁府大办贾敬的丧事,也只不过是为贾珍、贾蓉父子玩弄尤二姐尤三姐提供了良好的契机……这些表面上极为隆重、极为风光的丧礼,却没有人真正地为死者而悲伤、哀悼。这不是很可悲而又荒唐的事情吗?

　　曹雪芹正是在这些强烈的对比之中,告诉读者,什么才是有意义的祭奠。

　　春雨霏霏,梨花点点,清明将至。正陪学生们一起研读《红楼梦》,当我读到曹公的"心诚意洁"时,不禁慨叹、愧疚。

　　清明祭奠,心诚意洁,其实并不难。

别有一番滋味在"听书"

一

今年夏天动了个小手术,需要休息一段时间。人真的很奇怪,忙得要死的时候,真想生个病找个借口好好歇歇,可真的生病休息了,却无聊至极,空虚至极。别人都在忙各自的事情,我却什么事情也不能做。看书、看视频太伤眼睛,听歌、听音乐太单调,头脑里整天就是关于病情的胡思乱想,心烦意乱。

这时我邂逅了喜马拉雅——一个专业的音频分享平台。

我好奇地浏览一下,内容可真丰富,其中"金瓶梅"三个字一下子吸引了我。谁这么大胆,竟然敢公然播讲《金瓶梅》?

此书由于含有过多的性描写因而在很长一段时间

内一直被列为禁书,多年前我曾读过《金瓶梅》的洁本,即删减了大量不雅描写后的本子。这里播讲的会是什么本子呢?

我好奇地点开,略带沙哑的男声播讲便深深地吸引了我。从此,每天从睁眼醒来到闭眼睡觉,我都在收听,这一听不知不觉就是十多个日日夜夜。

主播没有播讲性描写,而是从不同的角度对作品进行了评析。他对作品里的人物的命运、性格进行分析,对社会风俗、官场潜规则等进行评述。比如他在分析西门庆生活放纵的原因时,竟然联系到了欧洲文学,从大仲马的《基督山伯爵》,到歌德的《少年维特之烦恼》,在比较中探寻深层的社会原因。横向的比较,纵向的比较,顺手拈来,而且很有说服力。

我肃然起敬,因为这是很专业的、很严肃的文学评论。

我很想知道播讲脚本的名字,看看能否买来细读。咨询后得到的答案竟然是"没有",他只是列了个简单的提纲。这位叫"爱心爵箩筐"的主播,究竟是何方神圣呢?百度了一下,一无所得。

可是我还是要谢谢你,"爱心爵箩筐",是你让我一下子就爱上了喜马拉雅,爱上了听书。

两个月里我一口气听完了《汪曾祺全集》《红与黑》

《安娜·卡列尼娜》《德伯家的苔丝》《丰乳肥臀》《霍乱时期的爱情》等等。这些作品我虽然都曾经读过，可是听的感觉却别有一番滋味。主播声情并茂的播讲，使得作品更加感人，更能引起共鸣。

《汪曾祺全集》是"陌生的陀螺"播讲的。她语速慢，声音柔，与汪曾祺作品舒缓的格调相得益彰。《黄油烙饼》中小男孩萧胜在长期的饥饿后终于吃到了渴望已久的黄油烙饼时，"他忽然咧开了嘴痛哭起来，高叫了一声'奶奶'"。奶奶把仅有的一点粮食黄油给萧胜吃，而自己却得浮肿病死了。此时我分明听到了主播因流泪而鼻塞后的暗哑声。但她没有停下，而是坚持继续读完全文。听着听着我已泪流满面了，因为我的爷爷就是1962年全身浮肿饿死的，虽然那时还没有我，可我却体验到了那种绝望与痛苦。

谢谢你，"陌生的陀螺"，是你让我体会到了汪曾祺作品的独特魅力——看似平静，不动声色，却暗流涌动、激情澎湃。

听书，让这个夏天不再炎热，让那些病痛不再可怕。

二

听书已经久违了，上一次听书还是在三十年前。

堂屋正中央，漆得锃亮的大红米柜靠墙摆放着。米柜后面的泥墙上，张贴着马、恩、列、斯、毛（马克思、恩格斯、列宁、斯大林、毛泽东）的巨幅头像，主席像居中。米柜上放着一台方方正正的"莺歌"牌台式收音机。收音机的外壳是用有木纹的纤维板做的，机身正面下方有两个银色的旋钮——一个调音量，一个调频道。机身上半部分蒙着一块含有金丝的缎布，布的右上角贴着一个长方形的标牌，上面写着一个好听的名字——莺歌。在机身的后面装上两节大大的电池，旋钮一开，便传出了刘兰芳的《杨家将》。

正上初中的我，中午放学一到家，便迫不及待地打开收音机，唯恐漏听了一句。随着说书人的精彩播讲，佘太君、穆桂英、杨宗保、潘仁美等名字，一一鲜活起来。人生第一次知道了什么是忠义刚烈，知道了什么是阴险奸猾，什么是临危不惧，什么是家国天下，什么是"大水冲了龙王庙"，什么是"喝口凉水都塞牙"，什么叫"好汉不吃眼前亏"……

听到最精彩处，忽然一句"欲知后事如何，且听下回分解"，让人意犹未尽、牵肠挂肚。没办法，只有等第二天。日复一日，月复一月，直到把整部书都听完。

听书，父母从不干涉我，因为这不会耽误做家务，烧水、煮饭、洗衣、喂猪，一边听一边干活，一件也不落下。从地里下工的父母，会准时吃到我准备好的午饭。一家人围坐在米柜前的小桌边，一边吃饭一边继续听着精彩的评书，粗茶淡饭，却香得很。

收音机是母亲钩花挣来的。母亲的钩花技艺远近闻名。一个银色钩针，一根长长的棉线，便能钩出各种复杂的镂空图案，拼成各色各样的镂空衣服。这些衣服漂洋过海，穿到各种肤色的人们身上。她白天干农活，晚上便在煤油灯下钩花、织衣，一针一线，每天都可以挣几毛钱。煤油灯的另一边是埋头苦读的我。我作业做好了，母亲便会打开收音机听一会儿黄梅戏。几十元买来的收音机，是母亲用无数个不眠之夜换来的。

有时候我漏听了一段评书，她会帮我听，等我空了，再复述给我听。我听了，到学校再复述给同学们听。每天一下课，我便会被重重围住，然后再添油加醋地把听来的评书说给那些瞪着好奇的眼睛的同学们听，直到上课铃声响起。

刘兰芳的《岳飞传》《杨家将》，袁阔成的《三国演义》《水浒传》，单田芳的《隋唐演义》，这些都成了我的启蒙文学，王刚的《夜幕下的哈尔滨》则让我初次接触到了现代文学。

谢谢你，"莺歌"，是你给了我历史的知识，给了我文学的熏陶，给了我无穷的想象、无穷的乐趣。

后来，父母不在了，我也离家了，"莺歌"再也没有声音了。再后来，有了电视、手机，我再也没有听书了，直到今年。

三

现场听书，只有一次。那是"莺歌"来我家的两三年前，我还没有开始读初中。

寒冷的冬天，忙了一年的农人们终于可以歇息了。生产队长从很远的外村请来两个说书人，一男，一女。一个五六十岁，一个二三十岁，是父女俩。

时间是晚饭后，地点是生产队储存粮食的大仓库。

说书人的晚饭由队长家提供，晚饭费用由生产队出。晚餐应该很丰盛，红烧肉的香、爆炒大蒜的香、红烧带鱼的香，弥漫了整个村庄，飘进了每一间茅草屋，钻进了每一个敏感的鼻孔，刺激着每一个饥饿的味蕾。

香味渐渐淡去，说书人上台了。台子由几张八仙桌拼成，台子上放一张条桌，两把椅子。条桌上罩着红白相间的条纹床单，床单上放一只茶杯，一个惊堂木。台子上方的横梁上吊着一盏明晃晃的汽油灯。这盏灯除了农忙连夜脱粒时用过，平时很少使用。汽油很珍贵，那晚竟然用上了。

仓库很高大，里面堆满了高高的粮囤，又圆又大。

这些是全村所有的人和牲畜来年的全部依靠。家里的米缸再空也不可以随便来取粮,必须等队长下令,按时按人发放。分粮食成了每家最期盼的事情,尽管分来的粮食永远不够吃。

粮囤的中间有一块空地,是听书的场地。说书人到来之前,村里的男女老少扛着板凳早早地到了,占个地,唠会儿家常,好不热闹。

条桌后面正中位置坐着女的,男的坐在旁边。男的拿一个二胡,放膝盖上,调弦试音,咿咿呀呀。女的左胳膊像怀抱婴儿般抱着一个竹筒,一米来长,暗黄色。左手拇指、食指、中指巧妙地夹着两片一米来长的竹片,夹击时发出清脆的啪啪声。右手则灵活地、有节奏地拍打着竹筒的底部,砰、砰、砰砰砰。女的清清嗓子开唱了起来,竹片、竹筒、二胡,有节奏地配合着。竹片和竹筒我见过,过年时挨家挨户上门唱道情的,就是这一套装备。二胡,倒是第一回见到。唱的什么内容,不懂。

唱完后,女的开始说书,说完一段再唱,唱一段再说。说的什么,忘了。只知道是才子佳人、恶婆婆巧媳妇之类的。听得昏昏沉沉时,惊堂木一拍——"啪",我立刻清醒,继续听她说下去。说到精彩处,底下会发出吃吃的笑声。我一回头,才发现听书的人已经走了一大半,只剩下七八个老头老太,我是唯一的小孩儿。

至今记忆犹新的是说书人的两根乌黑油亮的大辫子,还有她惊人的记忆力。没有书本,只有一张嘴,滔滔不绝,从傍晚一直讲到凌晨。我也就这么痴痴地听了一夜。如今回想起来我忽然觉得有些奇怪,当时爸妈怎么就这么放心我彻夜未归呢?也许是因为那时候的拐骗、谋杀,只存于说书人的故事里吧。

谢谢你,说书人,是你让我知道了,人们除了渴望粮囤里的粮食,还渴望那有趣的故事。

莫言在诺贝尔文学奖的获奖感言中说:小时候,他经常听集市上的说书人说书,回家后添油加醋地说给母亲听,说给姐姐听,说给婶婶听,说给奶奶听,这培养了他说故事的能力,培养了他语言的表达能力,培养了他的想象力。听书,听出了个诺奖获得者。

经常有家长咨询孩子学习语文的秘诀,其实哪有什么秘诀啊,生活即语文。听书、听歌、看电视、看电影、读报刊、做家务等等,都是学语文啊。

有空不妨多多听书吧,别有一番滋味的。

2019.1.11

不是所有的花都开在春天

我家楼下有两棵树。一棵是樱树,沐浴着三月和煦的阳光,满树粉色的樱花尽情地绽放,"千朵万朵压枝低",风光无限。

另一棵树是栾树,光秃秃的树枝直指蓝天,一片叶子也没有。在这春风骀荡、百花争艳的春天,它显得有些木讷、有些寒碜,有些落寞。

我很纳闷,都暮春时节了,它怎么还没有一丝的绿意呢,是不是被冻死了?我踮起脚,拉低一根树枝准备撅一段看看。忽然,我发现树枝的顶端已经吐出了米粒大小几个叶芽儿。再看看树顶,树枝的顶端也有了许多小小的芽,正在努力地向上。原来它并没有死,而是正在默默地积蓄着能量,努力地生长。

忽然想起去年冬天的一个傍晚,我下班回家,经过这棵树下,看见一个扫地的阿姨正高高地举着一根竹竿,死命地敲打着树枝,地上落满了还没来得及枯黄的枝叶。

我问她为啥这样。她气愤地说:"其他树都不落叶了,就剩它天天落叶子,我还得天天扫……"

环顾四周,柳树、桃树、樱树都已经光秃一片,只有这棵树还有许多树叶黄中带青,依然顽强地傲立枝头,稀疏的枝叶间还挂着许多枯黄的三角状的果。我这才记起,炎炎的夏天,它繁密的绿叶间曾经开满了一串串粉白的小小的花,煞是好看。

看着眼前这灿烂的樱花,再看看刚刚吐出嫩叶的栾树,我不禁浮想联翩。

春天,迎春、杏花、桃花、梨花、牡丹、樱花……你方开罢我登场。有的艳丽,有的淡雅;有的柔媚,有的火辣;有的雍容华贵,有的清新脱俗。姹紫嫣红,群芳争艳。它们赶在一年之中最美的季节——春天,尽情地绽放自己的美丽。

可是,并不是所有的花都开在春天:洁白如玉的栀子花、出淤泥而不染的荷花,开在了烈日炎炎的盛夏;馥郁芬芳的桂花、"满城尽带黄金甲"的菊花,开在了西风萧瑟的秋天;而暗香盈盈、凌寒傲雪的梅花则开在了严寒彻骨的冬天。

它们没能赶上春天的脚步，没有能够绽放在春天，它们尽情地开放在了自己的季节里，可它们不也同样的美丽、同样的芬芳吗？

这不禁让我想到我们的学生、我们的人生。

如果把人生比作四季，学生时代就像春天。有的学生，就像春天的花儿，适时地、尽情地绽放美丽、智慧和才气；可是，有的学生就像那棵栾树，春天里却默默无闻，黯然无光，甚至有些愚钝。可是，谁说他不会绽放呢？只不过不是在春天，而是在夏天或者秋天，甚至有可能是在万物凋零的冬天。

这让我想起了许多大器晚成的人。蒸汽机的发明人瓦特，他的成功之花也并没有开放在人生的春天。上小学时，多数老师给他的评价都是学习劣等生。可是瓦特却很爱动脑筋，很喜欢动手制作玩具。小学毕业后，瓦特便在父亲的小作坊里干活。他心灵手巧，技术进步很快，十八岁时他立志要在制造科学器具上有所成就。后来他经过努力学习、潜心钻研，终于在三十三岁发明了蒸汽机。

《三字经》上说"苏老泉，二十七，始发愤"，这个"苏老泉"就是苏东坡的父亲苏洵，他到了二十七岁才开始发奋读书。后来他带着儿子苏轼、苏辙进京应试，两个儿子参加科举考试去了，并且考中了同榜进士。而他则带着自己所写的七篇策论去拜谒文坛领袖欧阳修。他的文章受到了欧阳修极大的赏识，苏洵也从此名扬天下。这一年，他已经四十七岁。苏洵的成功之花开得有点晚，开在了他的人生之秋，可不也是那样的艳丽、那样的流芳百世吗？

还有许多人，他们的成功之花却如蜡梅般绽放在了人生的垂暮之年。

齐白石六十岁才在陈师曾的引荐下去日本参加画展，才开始专攻花鸟画。他的艺术造诣也是从这个时候开始，才逐渐到达中国现代花鸟的顶峰的。

还有更晚才开始绽放、才开始施展才华的人呢，君不闻"姜尚八十遇文王"吗？

既然不是所有的花都开在春天，那么为什么要苛求所有的学生都是学霸，都才气冲天，都成绩斐然呢？也许他就是那棵正在默默地积蓄能量、正在努力地吐出叶芽的栾树呢？也许他的美丽、他的才华、他的智慧、他的花儿将会绽放在不久的夏、不久的秋与冬呢？

我们许多老师、家长，面对孩子的成长都有着无穷的期盼与焦虑，恨不得孩子每天都像樱花一样灿烂、明艳，只要孩子的学习成绩有一点不尽如人意，便会焦躁不安,便会责备孩子,便会悲观失望。

其实,我们一定要坚信,每个孩子都像一朵花儿,总有他绽放的那一天,只不过时间有先有后,花儿有大有小,花期有长有短罢了。因为不是所有的花都开在春天,也不是所有的花都四季常开。

从前的夏天

烈日炎炎，酷暑难耐。哪里也不想去，哪里也不能去，就窝在家里吹着空调，看着书，浏览者朋友圈，看到几篇回忆性的文章。这些文章里，从前的夏天是那么的美好，吃着井水里凉过的瓜果，摇着蒲扇在满天星星的夜空下纳凉，白天捕蝉，夜晚捉萤……这让那些从未经历过那种生活的年轻人有一种生不逢时的感慨。

从前的夏天真的如此惬意，如此诗意吗？

我不禁思绪万千，脑海中浮现出三四十年前夏天的种种情形。

那时降温的主要工具是蒲扇，每家必备，人手一把。我最喜欢用新的蒲扇，每扇一下，扑面而来的是新蒲扇特有的清香。蒲扇用久了，边沿就会破损。母亲找来旧衣服，撕下来两根布条，沿蒲扇边沿用针线给它滚上布边，这样的蒲扇可以用上好几年都不坏。

泥墙草盖的茅草屋闷热不透风,中饭时家家户户都把饭桌搬到屋外的大树下。一碗杂粮糙米饭(每天有白米饭,是1985年分田到户后的事),点缀着鲜绿蒜叶的丝瓜汤,一大盆黄灿灿的南瓜汤,日复一日,填充着一个个饥饿的胃。母鸡天天咯咯报喜下蛋,鸡蛋我们从不舍得吃,那是留着换钱买油、买盐、买针线的。

吃饭时一只手拿筷子扒拉着饭菜,一只手不停地摇着蒲扇,汗珠不断地渗出。男人、小孩打着赤膊,女人的棉布短袖被汗水浸湿了紧贴着前胸后背。做饭时烧锅的人一手用力拉着风箱,一手不停地往灶膛里添加柴草。红彤彤的火焰映照着烧火人的脸,直把人烤得"外脆里嫩"。为了省去做饭的煎熬,早上起来就煮上一大锅玉米糁粥,炒上一大碗咸菜,一天三顿都吃这个,可苦了肚子了,没油水,还饿得快。

天再热,田里农活还是要干的,看看农人们黝黑的皮肤就知道,他们经受了怎样的炙烤和曝晒。

晚上屋里依然闷热,板凳上、席子上到处都烫。每天傍晚时分,孩子们就用蘸了凉水的毛巾,把凉席擦一遍,降降温。

屋前的一小块空地,白天做晒场,晚上供乘凉之用。地面的泥土受了一天的炙烤,傍晚时分便散发着阵阵热气。打扫干净,再打来两桶凉水浇上。地面立刻就干了,一半是蒸发了,一半是被泥土吸干了。于是再浇,直到地面吸饱喝足。再搬来两张长凳,卸下两扇门板搁上。洗完澡,一家人在门板上或坐、或躺,数着星星,唠着家常。

蒲扇轻摇,微风习习,睡意顿生。可是刚刚睡着,手脚、胳膊就被蚊子叮咬得痛痒难耐。于是赶紧回屋拿来床单,从脖子到脚全裹上。刚要睡着,耳朵边又嗡嗡嗡直叫。扬起手来"啪"一下,蚊子没打着,却打了自己一个耳光。不一会儿,另一耳朵边又嗡嗡嗡响起来。只得坐起来继续用力地扇、扇、扇,挠、挠、挠。左手累了换右手,右手累了换左手,不停地摇,不停地挠。再用沾满血腥味的手指蘸点唾沫胡乱地涂一涂,算是止痒止血。伤口发炎、生脓了,就去村卫生室领一小瓶紫药水涂一涂。旧疮没愈合,新疮又迫不及待地"登陆"。每年夏天过后,浑身都会留下许多红紫的疤痕。你若耻笑我们为啥不用蚊香、驱蚊水,那大可不必。因为在那个物质贫乏的年代,这些东西都没有,即使有也买不起。

好不容易熬到后半夜凉下来了,可以进屋躺床上睡觉了,可是人蚊大战却还得继续。

厚纱布做的蚊帐,怎么也挡不住蚊子的进攻。明明白天已经把帐子里赶得干干净净,还把帐子的四边仔细地塞到席子底下。可后半夜你睡得正香甜的时候，总会有一两只蚊子神不知鬼不觉地钻进来，骚扰你，叮咬你，甚至钻进你的耳朵里、鼻孔里。于是不得不爬起身来，双膝跪着，手擎罩灯，强睁着惺忪的睡眼，查看蚊帐的每个角落，每个布眼儿，就像军事家查看地图一样，来来回回，仔仔细细。忽然，发现一个芝麻粒大小的黑点，正停歇在帐子上，暗红的血液正在它圆鼓鼓的肚子里缓缓地流动着。仇恨顿生，睡意顿消。我屏住呼吸，悄悄地把罩灯移到它的身下，猛然往上一抄。呵呵呵，蚊子掉进了灯罩内，翅膀被火焰烤得呲呲作响。

这种眼明手快的功夫是人人必备的童子功，练得了此功，才能得半夕安寝。被油灯烤干的蚊子落在灯罩底部，几天下来，便会尸横遍野。我不会马上把灯罩清洗干净，要留着向同伴们炫耀，这可是战绩，带血的战绩。

猪圈里的猪更是深受蚊虫之害，经常被叮咬得嗷嗷直叫，根本不长膘。傍晚时分各家就开始自制蚊烟。用长长的青草编成一根两三米长的大辫子，横放在猪舍前的地上，底下垫一层干草。点燃干草，被烤得半干的青草就会冒烟，浓烟吹进猪圈熏跑蚊子，猪就会安静下来。有时风会把浓烟吹到乘凉的地方，熏得人眼红鼻黑。

人蚊大战会持续一整个夏天,天天如此,年年如此,直到住进了城里安装了纱窗的楼房才停止。

从前的夏天经常会有人"打摆子",症状是忽冷忽热,上吐下泻。几天下来,人就瘦得不成形了。现在我才知道,那是得了疟疾,罪魁祸首就是蚊子。我也是现在才知道,那些得了疟疾的人之所以能活下来,是屠呦呦以及和她一样伟大的科学家们努力的结果。

从前的夏天,没有自来水。在打得起水井之前,生活用水就是河水。可是一下雨,地面的泥土,田地里刚施过的粪肥、农药,都会随着雨水流入河里,河水就变得浑浊不堪。浑水挑回家,放一小块明矾,沉淀一下,就是全家人烧菜做饭的用水了。

从前的夏天,没有冰箱,食物极易变馊,舍不得倒掉,放锅里热一热便吃下去,因为粮食奇缺。

从前的夏天,茅草屋极易漏雨,外面下大雨,里面就会下小雨。常常堂屋里一个盆,床顶上一个盆,叮叮咚咚接雨。

从前的夏天,常常跟大人们一起去插秧。一棵秧一棵秧地插,一天下来累得腰都要断了。被泥水泡得惨白的两条腿上,叮满了吸饱了血的蚂蟥和水蛭。用手使劲捏住,一拉老长,使劲一扔被吸附过的伤口会不断地往外渗出鲜血。没有药水、没有包扎,双腿踩在深深的泥里,继续插秧。不一会儿,又有许多蚂蟥和水蛭吸附过来。大人们为了赶时间劳作,都没空去理它们,任由其叮咬吸血。

从前的夏天,为什么在回忆中还是很美好呢?我想可能是——时间过滤了一切。过滤掉了贫困,过滤掉了落后,过滤掉了伤痛,仅留下了快乐和美好。

还可能是因为距离产生美。在画家和诗人眼中,从前的夏天永远是蓝天、白云,碧绿的田野,累累的硕果。可是在农人眼中,在农人的孩子我的眼中,从前的夏天,是一幅由汗水、泪水甚至血水调和而成的五彩图,表面上赏心悦目,其实充满了心酸与苦楚,充满了悲哀与伤痛。

好好珍惜当下吧。

2019.8.6 下午

读你的感觉像三月

一

多云的午后,餐桌边,我认真地准备着明天的课程,批改着学生的作业。时间长了,腰酸背痛,眼睛酸涩。一抬眼,一双亮晶晶的、滴溜溜的小眼睛,正注视着我,那样专注,一动不动,一眨不眨,温柔,关切。

她见我没有站起来停止工作的意思,就纹丝不动,四肢、肚皮、脑袋依旧紧贴着地面,趴着。她看着我,我也看着她。时间似乎凝固了。

看得出,她的眼神里其实满是期盼,期盼我放下工作,和她玩一会儿。可她却不动,也不说,就这么默默地注视着、等候着。

我的心软了,我站起身。她的眼神笑了,习惯地翻开肚皮,四肢朝天,等候着我的抚摸。

轻轻地、轻轻地,我抚摸她柔软的腹部,抚摸她可爱的脸颊,抚摸她厚实密集而又如绸缎般光滑的皮毛。

她那样的温顺,微微张开嘴,用尖尖的牙齿轻轻地磕磕我的手指,用细腻的舌头一遍又一遍地舔着我的手背。黑多白少的小眼睛不时地瞅瞅我,似乎在说"谢谢你,谢谢"。

凝望着她的小眼神,疲惫瞬间消失。

倏地,心底里竟窜出一段熟悉的旋律——蔡琴的《读你千遍也不厌倦》:

> 读你千遍也不厌倦,读你的感觉像三月
> 浪漫的季节,醉人的诗篇
> 读你千遍也不厌倦,读你的感觉像春天
> ……

久违的、充满了柔情蜜意的旋律,竟然湿润了我久已干涸的眼睛。这旋律循环往复,久久不去。

"读你的感觉像三月",这歌唱得太好了。阳春三月,草长莺飞,阳光和煦,生机盎然,充满了欢笑,充满了快乐,充满了希望。

可乐,你可知道,是你带来了这明媚的阳春三月。你可知道,在你来到之前,这里曾是寒风凛冽,这里曾是灰暗一片。

二

三年前一场手术之后,我没有懂得调养身体,渐渐地腰酸背痛,渐渐地脊柱疼痛,渐渐地关节疼痛,渐渐地不能抬腿、不能翻身、不能起床。针灸、推拿、吃药、挂水,没有一丝好转。不红不肿,就是疼痛。找不到病因,也找不到治疗的办法。

儿子在外工作,先生也外调工作。陪伴我的,只有无尽的疼痛、无助的泪水。

休假在家,我每天拖着僵硬而无力的身躯走出家门,来到河滨公园,忍着疼痛与一群大爷大妈一起散步、做操、转胳膊、甩腿、打太极,然后再失魂落魄地回到空荡荡的家。然后一遍又一遍上网查看这种病的危害,然后是各种各样最坏的假想。

那些日子,天是灰的,心是暗的,家是冷的。

有一天,儿子在微信发了一张照片给我,是一只黑白相间的小狗,问我"可爱不",我随口说"可爱"。

他说,朋友要送他这只小狗,想暂时寄养在家里。

我强力反对。我还自顾不暇呢,哪有精力照顾她?何况我也不会驯养她。

可是,儿子早就想养狗了。他在微信上跟我软磨硬泡,先生竟然也在旁边帮腔:你就帮他临时养一个月吧,不就一个月嘛。

是啊,不就一个月嘛,这点忙都不帮,不是太不近人情了。于是,我只得勉强答应。

两天后,朋友从南京把它带来了。儿子给她取名——可乐。

三

朋友的车刚停下,后备箱中立马窜出个小东西,活蹦乱跳的,看见我也不怕生,竟然凑近我的脚边闻一闻,撒开腿跑开,又跑来闻一闻,抬头看看我,好像在说:"你好,新主人。"

可是,我却惴惴不安地对朋友说,我不知道该怎么养她。朋友安慰说,这是边牧,已经两个月大了,很乖,很聪明,很好养的。

到了家里,她一个房间一个房间地溜达,到处乱窜,不拿自己当外人。我吓得赶紧关上所有的房门,只让她在客厅活动,怕她到处拉臭臭。

她胃口很好,啥都吃,我吃啥她也吃啥,似乎永远没有饱的时候。吃得多,就拉得多。这成了我最头疼的事,该怎么训练她上厕所呢?

我上网百度了一下,竟然有很详细的训练办法:先用报纸沾一点她的小便,然后把这报纸放到卫生间,等她进食后三五分钟就把她关到卫生间,她嗅到自己的味道然后就会排泄在那张报纸上。

每天我耐心地依照着这样方法,不厌其烦地训练她。花了两个星期,竟然就训练成功了。后来只要我一说"上厕所",她便会主动去厕所,然后仰着头等候我的奖励。

渐渐地便盆代替了报纸。渐渐地,连便盆也不用了,只要早晚下楼遛两次就可以了。

可是麻烦的事却接连不断,她咬坏了我的鞋,咬坏了我的耳机,咬坏了凳子,咬坏了她能咬坏的一切东西,作恶多端。每次我扬起手要打她时,她就躲到桌子底下,跟我捉迷藏,我怎么也打不到她。把她关进笼子,她竟然自己能打开笼子溜出来。

我气得要儿子赶紧把她接走,可是儿子外出培训还要两个月,没法接她。

于是我每天一百次想偷偷地把她送人。可是送谁呢,谁才会耐心地对待她呢?最后我决定把她送到乡下,陪陪爷爷奶奶也挺好。

可是几天后我回去时,却发现她被绳子拴得牢牢的,因为爷爷奶奶怕她被人偷了。她眼巴巴地望着我,像看到了救星。我心一软,就又把她接回来。

四

于是,她成了我的影子。

我去公园,她也去公园;我去菜市场,她也去菜市场;我练太极,她趴地上;我开车,她坐后排;我看书,她躺我脚边;我睡觉,她睡房门口。我发现,无论什么时候,一回头就总会发现她在看着我。她玩耍时,头也总是朝着我,眼睛总滴溜溜瞅着我。

在外面散步,遇到没人的地方,我解下绳子让她自由活动一会儿,她撒开腿跑出十几米,然后竟然立即停下,转身朝着我,趴在地上,等我。

"你的一切移动,左右我的视线",这是对她的最好写照。我的一切的一切都在她的视线之内。为了不让她久等,我便快步走起来。渐渐地我竟然发现,原来很僵硬的关节竟然不那么僵硬了,原来疼痛的地方竟然不那么疼痛了,我竟然还能跟着她小跑了。

于是,她在前面跑,我在后面追。

渐渐地,她长高了。

渐渐地,东风来了,柳树绿了,桃花开了,春风花草香的三月来了。

五

"真漂亮!"

每次我牵着她走在路上,总会有人情不自禁地夸奖她。这时候我总会报以谦逊地一笑,就像当年人家夸奖儿子聪明时我佯装谦虚一样。

是的,不知不觉间她竟然长成了一个大姑娘了。她全身大部分都是黑色,只是额上、脖子周围、四只脚、肚皮是白色的。白是白,黑是黑,白的那么纯,黑的那么亮,黑白的比例那么协调。

《登徒子好色赋》里"东家之子,增之一分则太长,减之一分则太短;着粉则太白,施朱则太赤"是形容东邻的女子貌美无比的。我们的可乐也是"增之一分则太白,减之一分则太黑"。

最让我惊异于造化之神奇的,是她额上的那朵白,那是天上洒落人间的一朵云,洁白、美丽。造化竟然还学会了首尾呼应,在她的尾巴上也撒了一抹白,走起路来一摇一晃,一摇一晃,能晃花人的眼。

六

有一天,晨练的一老太向周围人炫耀说,她邻居家的狗真是聪明,一个星期竟然学会了认识三张扑克牌。

说者无心,听者有意。回到家,我拿了一张扑克"大鬼",放在地上。我手心里藏着一小块火腿肠,用手指着扑克告诉她——这是"大鬼",她循着香味来到扑克旁,当她的脚正好踩到那张"大鬼"时,我立即把火腿肠给她吃。如此重复三四遍,我只要一说"大鬼",她就立即去踩"大鬼"。

接着,我又用同样的方法让她认识了"小鬼"、老K、红桃五、红桃八,然后再把它们打乱顺序,再让它辨认,她竟然都能正确认出。

一个晚上,她竟然就学会了辨认五张扑克。

我惊讶极了。传说边牧聪明,智商高,我今儿个算是眼见为实了。

以后的几天,我继续巩固训练,又增加了三张牌。做对了,就奖励小零食。她乐于学,我也乐于教。

原来奖励性教育有这么意想不到的结果!我忽然联想到我们的教育,是不是给学生的鼓励太少、批评太多了?如果我对学生也能这么耐心、这么及时鼓励,是不是教学效果也会好很多呢?

周末先生一回到家,我就迫不及待地给他讲可乐的趣事。我惊奇地发现,只要我一讲到"狗""可乐"等词语时,她就会立即跑到我身边,摇摇尾巴,张着嘴,眨巴眨巴眼睛,似乎在问:"说我什么呢?"我嫣然一笑,摸摸她的额头,对她说:"放心吧,我在向狗爸爸夸奖你呢。"她就会放心地走开,继续玩她的。

有一次,我正吃饭,她盯着我看,垂涎欲滴。我轻轻地说:"真没修养。"她竟然很害羞地把头扭到一边不看我,然后低着头慢慢地走开了。

我愕然,连忙夸奖她说:"真乖。"

后来,她盯着人吃东西,只要我一说"没修养",她就会走开。屡试不爽。所有看到这一幕的朋友都会惊讶并感叹——真是一只有修养的狗。

还有一次,我在客厅随口跟她说:"去阳台,晒晒太阳。"她竟然真的去了阳台。我可从来没有告诉她哪里是阳台呀!我惊呆了,原来她会偷偷地学习啊。

我练习太极,音乐一响起,她就会安静地趴到她的狗窝,当我最后一个动作即将结束时,她就迅速走出来,仰着头看我,摇摇尾巴,等我陪她玩。

扔个玩具给她,她竟然叼回来给我,然后退回去,让我再扔。我给她飞碟,她无师自通地接住,送给我,再跑开,再接。

每次外出,只要我说"妈妈上班",她就会乖乖地站住,孤零零站在空旷的客厅里,目送我关上大门。

每次我回到家,她都会像久别重逢那样激动地欢迎我,哪怕我们只分别一小会儿。

于是每天我都会尽快地赶回家,因为我知道她在等我。

从此,家不再空旷,不再冷清。

七

有一天,我忽然发现,她的小便竟然成暗红色。我立即带她去宠物门诊,可是连续打了三天的针,没有一点好转。渐渐地,她竟不肯吃东西了。

我慌了。我忽然有种恐惧,她会不会死掉啊。

不要啊,不要啊。我在心底里千百遍地祈祷。

儿子也急了,连忙多方询问。有一宠物医生提醒说有没有吃葡萄、洋葱之类的东西。

我忽然想起,前几天我一边看电视,一边吃着葡萄干。我吃一颗,就给她吃一颗,我看她很喜欢吃,还多给了她许多。

我上网一百度,原来狗不能吃葡萄,吃了会中毒。可我竟然一无所知,真是好无知啊,我后悔莫及。可是该怎么办呢?我带她去了好几家宠物门诊,他们都没有办法。

我伤心欲绝,一筹莫展。这时候,好友建议我去泰州,说那边有很好的动物医院。

先生和我毫不犹豫地带着可乐,立刻开车去往八十公里外的泰州,到了泰州畜牧兽医学院的动物教学医院。医生很仔细地给她检查、化验。诊断结果是肾脏损伤。

我问:"能救吗?"医生说:"没把握。"

我问:"你见过这种情况吗?"医生答:"教科书上见过。"

"有能治的药吗?"

"没有。"

我流着泪央求道:"麻烦想想办法,拜托——"

可乐疲倦地趴在地上,看到我在流泪,竟然打起精神站起来,走到我身边,舔着我的手,温柔地望着我,似乎在安慰我,让我别为她担心。

我忽然有种生离死别的预感。

可乐,难道是我要了你的命吗?难道我就这样无能为力吗?我不住责问自己。

医生说:"现在任何药物都会增加她肾脏的负担,最好是给她输点水,排排毒,让她自身免疫力慢慢恢复。而且需要住院治疗。"

我说行。我也住这儿陪她。医生说不用,这儿有兽医学院的学生护理。他们打开一间房,里面有两层大大小小的七八个笼子,笼子里已经有两只不大的狗。见有人进来汪汪直叫。房间很干净,排气扇不停地工作,没有异味。

可乐不肯进笼子,有个女生就跪在地上铺上尿不湿,说让她睡地上也行。那女学生很细心,很耐心。她摸摸可乐,可乐竟然很快地和她熟络起来。

看我还是有些不放心,那女生说:"你加我微信,我每天会及时把她的视频发给你。"这主意挺好。这女生有个好听的名字——怀格格。

回到家,我焦急不安地等待着怀格格的视频。第二天下午,视频终于来了:可乐一动不动地趴在地上,脖子上套着防护套,小眼睛眨巴眨巴的。格格说可乐很乖,小便的颜色也已经浅了许多。

第四天,竟然很正常了。

第五天,医院通知让我去接可乐出院。我们全家一致认为应该让她在医院再巩固治疗几天。可是医生却劝我们早点接回来,说跟家人在一起更有利于她的恢复。

来到医院,可乐兴奋地、疯狂地扑到我身上,不停地舔我,恨不得把我全身舔个遍。她一边舔我,一边乜斜着眼睛看我,似乎在说,"你怎么把我一个人扔这儿,你怎么不要我了?"

她真的恢复得很好。这些医生和学生,真是一群可爱的天使。我第一次意识到兽医其实跟人的医生一样的重要,一样的伟大。

可乐出院了,真有一种失而复得的喜悦。我发誓一定要好好照顾她,不再离开她。

家里又有欢乐了,我们又如影随形了。

现在,她很健康,我也很健康。

现在,每个日子都是三月。

八

以前,我听说某家狗生病了还去看医生,某人狗丢了还会哭,狗死了还会举行告别仪式,我都觉得不可思议,然后鄙夷地骂一声——神经病。现在我忽然发现,我也成了那个"神经病"。是啊,没有经历过痛,就不知道痛的滋味。没有养过狗,就不知道狗对于主人的重要。

其实,她哪里是狗啊,她是跟我们一样的生灵啊。她有智慧,也有感情;她有快乐,也有忧伤;她有羞涩,也有恐惧;她很坚强,也很脆弱;她很调皮,也很温顺……

我越来越相信这句话——众生平等。

写了这么久了,一抬眼,你又在脉脉地看着我了,该陪你一会儿了,这可是你对我最奢侈的要求啊。

耳边又再次响起了缠绵的旋律:

读你的感觉像三月……

你的眉目之间,锁着我的爱怜。

你的唇齿之间,留着我的誓言。

你的一切移动,左右我的视线。

你是我的诗篇,读你千遍也不厌倦。

又到粽子飘香时

早晨上班的路上,看到一老人拎着个篮子卖箬叶,忽然记起又到粽子飘香时了。

从记事起,就是母亲给我们裹粽子。裹粽子用的箬叶是母亲带着我一起去河边摘的。初夏的早晨,朝阳初升,露水未干,母亲说这是最好的摘叶时间。母亲知道哪儿的箬叶最好,哪儿的河边最安全。

虽说初夏的芦苇还没长成,可我总嫌它太高,我要踮起脚,使劲儿弄弯它的腰,才能够得着最上面的两片嫩叶。母亲却能很轻易地摘很多。她告诉我,裹粽子的箬叶不能太老也不能太嫩。太老了,不香,易折断;太嫩了,嫌窄,裹不住米。每根芦苇只能摘两片,摘的时候向下用力要果断,才不会弄断芦苇。她说等你长得和芦苇一样高了,日子就好过了。说的时候她会冲我笑笑。

母亲还教会我用一张嫩箬叶卷成一个小筒状,然后将小头一端轻轻捏扁,用嘴唇轻轻一抿,再轻轻一吹,就能吹出尖尖的笛音。音虽单调,可却悦耳。只顾吹笛竟忘了摘箬叶,母亲说,不能老吹,吹多了会把蛇引出洞。有一次我真的看见脚边杂草里有一条小蛇,我吓得僵立不敢动弹。母亲说,没事,你不惹它,它也不惹你。果真,小蛇悄悄地溜走了。原来蛇也讲原则的,我第一次知道。

晚上,忙完了一天活的母亲,淘好糯米,用开水烫好叶子,我们姐弟俩便围坐在母亲身边看她裹粽子。

母亲个高手大,什么男人干的粗活她都能干,缝衣、做鞋、钩针、绣花这类细活她也能干。她做事很麻利,裹粽子也是如此。三四片叶子在她手里一圈,舀上米,拿一根草,用牙齿轻轻咬住草的根部那一头,然后用草在粽子身上绕那么两圈,再打一个活结。我还没看清楚怎么回事,粽子就结结实实地裹好了,并且留下一个细细长长的草的尾巴。

裹粽子用的草,我们这里叫玉草,是母亲前一年的秋冬时节从田埂旁割下来的。把一大把草打一个结,挂在屋檐下,待到裹粽子时,放在盆子里跟箬叶一起用开水一烫。开水烫既可以消毒杀菌,又可以让玉草变得柔软而有韧性。这种草又长又细又有韧性,还有一种特有的草香,用来裹粽子再合适不过了。

我让她放慢动作给我看,手把手教我,可我却怎么也裹不成功。母亲说,你的手是写字用的。后来我曾尝试学习过好多次,最后都以失败告终。每当我骂自己笨时,母亲的这句话总会安慰我好久。

裹不了粽子,母亲就教我们姐弟俩提粽子,就是把五只粽子扎在一起,算一提。我们拎着五根细长的草尾巴,胡乱地打个结。可是母亲说不行,她要求我们把粽子拎整齐,打结的地方距离粽子要一样长短。她说,做事跟做人一样,不能马虎、整不齐。

煮粽子要花很长时间。母亲说不能急火,否则粽子会裂开。烧开之后要放几根木头在灶膛里,让余火慢煮。母亲说,你们上床睡一会儿,熟了就叫你们。于是我们便在满屋糯米香加箬叶的清香中进入梦乡。

一觉醒来已是天大亮,母亲早已准备好了一小碟极奢侈的白糖。我们迫不及待地剥开粽子,戳进筷子,将最尖的那头在碟子里轻轻一蘸,粘上几粒白糖花,放进嘴里,美极了。母亲则在一旁拿起我们剥下的箬叶,把粘在上面的糯米一粒一粒地用筷子夹起吃尽。她说,一粒米七斤水啊。这一天我们可以放开肚皮吃,因为这天是端午节。

后来有一天母亲不再为我们裹粽子了,她带着无尽的病痛和对人世的无限留恋走了。家里再也不会有粽子飘香了。那年我已经有芦苇高了。

母亲走后第二年,端午节前的一天我放学回到家,一揭锅盖,竟然是一锅粽子。小巧,结实,甚至很精致。我很纳闷,谁裹的呢?

父亲干完农活回到家,告诉我说是他裹的。我不信,以前从没见过他裹过粽子。父亲说:"你马上你要参加高考了,人家都说应该吃粽子的,高'中'嘛。我想请邻居帮忙,可正是农忙,不好意思开口,我就自己动手了。"他问:"裹得怎么样?"我连连点头,转过身泪水已经溢满了脸颊。我怎么也想象不出父亲是怎样一个人在家里,失败了多少次,花了多少耐心才裹成了这些粽子。

我吃过了父亲的大手裹出的小巧的粽子,没有辜负他的期望,考中了。可父亲却在两年后也追随母亲去了。家里不再粽子飘香了。

后来每年也还吃粽子,买的或别人送的,可总也吃不到那曾经的味儿。

箬叶的清香吸引了我,我停下脚步,买下老人所有的箬叶。我要让家里再次粽子飘香,让我的儿子高考前也能吃到我亲手裹的粽子。

2011.5.25

哭泣的婚礼

昨晚去参加朋友儿子的婚礼。多年不见,当年的小男孩儿已经变成了高挑、阳光、帅气的新郎官了。新娘更是楚楚动人、落落大方。我打心眼儿里为一对新人感到高兴,为朋友感到自豪。

新郎的成长很不容易,他很小的时候父亲就因为生计而外出奔波。父母聚少离多,渐渐地感情疏远、矛盾增多。孩子上初中时,闹了多年不和的父母终于各奔东西,母亲改嫁,父亲他乡漂泊,常年不归。

孩子后来去了军营服役,现在退伍归来,有了自己的工作,也找到了自己的另一半,并且正式而隆重地走进了婚礼的殿堂。

看着新郎那挺拔的身姿、自信的眼神、幸福的笑容,我觉得很欣慰——家庭的不幸没有给孩子烙下阴影,真是万幸。

婚礼正式开始了。朦胧而梦幻的灯光,柔情而悠扬的音乐,动听而深情的婚礼开场白,把所有的人都带进了幸福、甜美、浪漫的氛围之中。牵手,互换戒指,夫妻对拜,证婚,一切都按部就班地进行着。

忽然,音乐骤停,主持人把话筒交给了新郎,说此时此刻新郎有许多话要说。

偌大的宴会厅突然安静异常,所有的来宾都向温馨而浪漫的舞台望去,凝望着聚光灯下一对幸福的新人。

新郎大方地接过话筒,与新娘相对而立。他说:"今天是我们大喜的日子,我首先要感谢我的父母——"

所有的人都在聆听,都在期待……可是,声音戛然而止。新郎立在台上,一个字也说不下去了。

空气凝固了,时间凝固了,一切都凝固了……

唯有晶莹的泪水在肆意地流淌着,它流淌在新郎的脸颊上,流淌在新娘的脸颊上,流淌在所有宾客的脸颊上。

新娘心疼地伸过手去,轻轻地帮新郎拭去泪水。新郎平静了一下,继续说:"我还要感谢我的岳父岳母,感谢你们把这么优秀的女儿嫁给了我,让我从此有了一个家,我一定会——"声音再次哽咽,泪水再次横流,两个新人情不自禁地紧紧拥抱。

台下响起热烈的掌声,经久不息。

是啊,还能说什么呢?此时再多的语言都是苍白的,都是多余的,拥抱和掌声才是最好的安慰,才是最大的鼓励。

亲爱的父母,你们知道吗?你们的孩子虽然长大了,长高了,成人了,自立了,结婚了;你们的孩子虽然看上去那么阳光、那么高大、那么坚强,可是你们知道吗,他的心底淤积了多少苦多少痛啊。

当你们争吵、冷战、决裂的时候,你们考虑过那个幼小的孩子的感受吗?当其他孩子都在享受着父母温馨的陪伴的时候,他享受的却是你们无止境的相互抱怨、相互责备、相互推诿,陪伴他的却是母亲的怨愤和泪水、父亲的逃避和远离。

你们知道在那僻静的墙角、在那深夜的被窝,孩子曾经流过多少眼泪吗?天下哪个孩子不渴望父母的关爱和家庭的温暖呢?

亲爱的父母,你们知道吗?你们也许都可以重新找到心仪的另一半,可是对于孩子来说,父母永远都是不可代替的,你们永远是他的唯一。

你们也许觉得孩子很坚强、很懂事,可是你们知道吗,那其实是假象,是他故作的坚强、故作的懂事啊!

今天,终于有一个人愿意以身相许,愿意陪他白头偕老,愿意对他不离不弃,他终于有了一个属于自己的家了,这可是他渴望已久的梦想啊!今天这样一个隆重的场合,对着这么多的亲朋好友,他一定是准备了许多的话语来感谢你们的。可是,让他感谢你们什么好呢!感谢你们给他的痛、给他的苦、给他的伤害吗?

婚礼继续进行着,一对新人相互拭去泪水,手牵着手,深深地弯下腰,向所有的亲朋好友鞠躬致谢。

掌声雷鸣不绝。我忽然想起一首古老的乐府诗:

> 上邪!
> 我欲与君相知,
> 长命无绝衰。
> 山无棱,
> 江水为竭,
> 冬雷震震,
> 夏雨雪,
> 天地合,
> 乃敢与君绝。

婚礼不只是山盟海誓的仪式,它更是一种责任的开始。

老爷子,别哭

一

老爷子是我的公公——我先生的父亲,今年八十五岁。

最近,他的痛风病又发作了。他在社区医院吊完水,我开车去接他。到了我们家楼下,我和婆婆小心翼翼地将他搀出车门,并搀扶他进楼道乘坐电梯。他却让婆婆把拐杖拿给他,他要自己走。

他两手紧紧抓着拐杖的龙头,努力地站直身子。可身子却不由自主地前倾,所有的重心都托付在了那根细细的拐杖上。拐杖忽然摇摇晃晃、哆哆嗦嗦起来,而且越摇越快、越抖越厉害,他的身子也晃晃悠悠、摇摇欲坠。我和婆婆赶紧托住他两只胳膊,才止跌回稳。

婆婆焦急地催他:"别老站着,往前走啊。"

他竭尽全力,抬起一条腿往前挪,另一条腿却忽然一软,整个身子像个装了稻谷的布袋忽地沉了下去。我赶紧叉住他的胳膊,抱住他的腰。

楼道就在眼前,拐个弯就是电梯口,也就一二十步远,可是老爷子却一步也走不了。

他的痛风是突然变得严重,家里没有准备轮椅。我环顾四周想找个人帮一下忙,可一个人影也没有。先生在外地工作,远水解不了近渴。我还要赶回学校上课,也没时间去借轮椅。

于是,我弯下腰,一咬牙,说:"我背你吧。"没等他同意,我便把他的两只胳膊往肩上一搁,腰一挺,蹭蹭蹭,三步并作两步直奔楼道。

忽地,老爷子像个小孩儿一样,在我的肩上呜呜呜地哭了起来,边哭边说:"不要——放下——"我没理他,闷着头继续往前走,心想,没几步,没关系的。

我发现老爷子并不重,甚至有些轻飘飘的,跟他有些宽厚的外形并不相称。

很快就进了楼道,到了电梯口,我放下他。他边流泪边不停地说:"怎么好意思……要你背……"

我道:"别哭,小事。"

二

　　老爷子的身体一直很硬朗,没什么大毛病,就是经常痛风。

　　痛风发作时,手指、脚趾、脚踝就会肿胀,疼痛。起先他会咬紧牙关忍着,不肯去就医。他是地道的农民,农村医保只报销一部分的住院费用,门诊费用只能自理。他总不舍得我们为他花钱,于是就一忍再忍。忍的结果就是肿胀、疼痛变得更加严重。关节高高地隆起,皮肤被撑得又薄又亮,像吐尽了蚕沙快要吐丝做茧的蚕。他痛得不能拿起筷子,不能穿衣服,不能走路。这时候,他才肯去医院。挂上两三天的水,便会消肿止痛。

　　不痛了,他就折腾着要回乡下老家,唠叨着他的青菜、他的韭菜、他的油菜、他的芹菜、他的大蒜、他的花生、他的蚕豆……

　　于是,每到周末,先生从外地回家,便起个大早开车送他们回乡下,傍晚时候再去把他们接回来,连同他们的青菜、他们的韭菜、他们的芹菜,还有他们忙碌了一天的疲惫和心满意足。

　　可是过不了几天,痛风就又发作,然后又再去挂水,于是老爷子变成了社区医院的常客。社区医院就在小区大门外不远,每次都是婆婆或者先生陪他去,他自己拄根拐杖就行。拐杖是他八十岁时,儿子送给他的礼物。儿子听我说爷爷有一次不小心摔倒了,他便特意买了根拐。实木的,暗红的油漆,锃亮,顶端还有一个雕刻得很精致的龙头。

老爷子接过拐,嘴里说着"谢谢",眼睛里却闪过一丝不屑——这东西,我哪里用得着?他把拐放到床里边,靠墙。时间久了,便沾满了许多灰尘。

随着痛风的频率越来越高,腿脚越来越不灵便,他终于肯把拐拿出来拄一拄,可每次拄拐时,他总是极力挺直腰板。

三

先生经常向我夸耀老爷子身子骨好,夸耀他年轻时候的"英雄壮举"。

老爷子年轻时,是乡办企业的销售员,负责为企业销售水表。为了节约下运输的费用,他就在自行车后座的两边安装两个很大的竹筐,然后把水表一只一只地码放在竹筐里,每次可以装进四十多只,一百多公斤。

为了能及时把货送到五六十公里外的客户手中,他便天不亮就从家里出发,带上几个白馒头,迎着寒风,顶着烈日,淋着大雨,忍着饥渴,驮着沉重的货物,载着全厂的期望,载着全家的期望,一脚一脚地奋力踩着自行车的脚踏,向着目的地前行,前行。然后再披着星星、戴着月亮,一脚一脚地连夜踩回来。一趟又一趟,一年又一年。这样每送一次货就可以有双份的收获:出差费和节省下来的运输费。这些费用,变成了孩子们身上的新衣,变成了孩子们的学费,变成了给家人遮风避雨的一砖一瓦。

可是送货的路并不平坦。有一次,从桥上下坡时,他连人带车俯冲下去,装满货物的自行车从他身上翻越过去。他爬起来一看,自行车的前叉断了,他竟然只蹭破了点皮。

还有一次,他被一辆疾驰的汽车撞飞了几十米,浑身血肉模糊,一条腿粉碎性骨折。在医院躺了几十天,他竟然顽强地重新站了起来。

后来企业改制了,下岗了,工作没了,他自我安慰:"天无绝人之路。"

于是,他又变成了地道的农民,用他的勤劳和汗水从泥土里收获了黄灿灿的麦子、沉甸甸的稻子、圆溜溜的豆子;又用这些麦子、稻子、豆子养了一群咯咯乱叫的鸡子、游来游去的鸭子、体肥膘壮的猪子和家中的三个孩子。

四

老爷子不善言辞,除了劳动,除了喜欢喝点小酒,没有别的爱好。可是现在酒不能喝,好多菜也不能吃,稍不注意就痛风。

渐渐地,老爷子的身影不再高大,老爷子的腿脚不再灵便,老爷子的记性不再好使,老爷子的耳目不再聪明……可是他的不服输不认命、他强大的自尊却一点儿也没有变。

于是他浑浊的眼睛便会经常流泪:为自己的衰老,为自己没有退休金,为自己不能再有收入,为自己不断地看病花钱,为当年没有交任何的保险……

我们常常安慰他,您是投了保险的,而且是高额保险,那就是你的儿女。现在我们能做的一点儿小事都是您应得的回报,您不用有任何的愧疚。

我的亲生父亲只陪我生活了二十年,在我还没有任何回报能力的时候他就永远地离开了我,而和您这位父亲一起生活已经快三十年了,我在心里早已把您当作我的亲生父亲了。

下班后,我立马去买回了一辆轮椅。他摸摸崭新的轮椅,老泪纵横:"又让你们花钱……"我安慰道:"别哭,小事。"

两天的水挂完了,他又可以拄着拐走路了,新买的轮椅便靠墙闲置了。

五

其实,像老爷子这样的父亲又何止他一个!

想当年,他们的腰板何其硬,他们的力量何其大,他们的勇气何其壮,他们的血性何其刚!

想当年,他们也曾闯荡江湖豪气万丈,他们也曾顶天立地气壮山河,他们也曾鲜衣怒马无限风光,他们也曾爱妻怜子柔情满肠……

如今他们的腰板不再硬,他们的力气不再大,可是当年的刚毅、当年的血性却依然深深地镌刻在他们衰老的骨子里,残存在他们浑浊的眸子里,汇聚在他们易落的泪水里……

老爷子,别哭!您在我们心中永远那么高大,那么能干,那么情深义重。

树欲静而风不止,子欲养而亲不待。请别留遗憾。

好一个"厕所开放联盟"!

一

最近,在海安街头有一个新发现,街道边竖起了好些黄色标牌,造型优美、颜色显目,上面写着"厕所开放联盟"。很是好奇,便驻足细观。只见上面标有箭头指向、酒店名称、距离、地点、开放时间。我继续沿着街道往前走,发现每隔几百米,路边就会出现这样一个指示牌。走着走着,我不由得在心底里大喊一声——好一个"厕所开放联盟"!

俗话说"人有三急",其中最急的当数"内急"。出门在外,遇到内急偏偏又找不到厕所,好不容易找一个厕所标志,左找右找,却不知在东西南北哪个巷子哪个角落。我估计好多人都曾经遇到过这样的尴尬事。所以,我们不应该为这样的贴心的"厕所开放联盟"大声叫好吗？

"厕所开放联盟"的标注非常细致，方向、距离、位置、时间一一标注，可以让路人迅速地找到厕所所在，而不至于茫然不知何往，好细心、好贴心、好暖心。

"厕所开放联盟"里有许多是酒店厕所，酒店大都是私营，而且都是冲水厕所，这就意味着酒店需要额外增加用水费用。这些酒店的奉献精神着实让人敬佩。

同时，"厕所开放联盟"也彰显了我们城市管理者可贵的"惠民"意识。我注意到，这两年我们县城里的公共厕所的卫生条件得到了极大的改善：洁白的贴瓷墙壁，一尘不染的地砖，独立私密的单间厕位，洁净的陶瓷便器，锃亮的不锈钢按压冲水，便捷的手机支架、挂钩，自动感应洗手台盆，明净的镜子，清新的空气，明亮的光线，现代气息的建筑造型……虽不豪华，却处处给人以便利、舒心。

中国人历来"重生不重死，重进不重出"，也就是很重视人的出生，很忌讳人的死亡；很讲究吃饭的环境，很不重视厕所的环境。而我们海安已经把城市文明建设"文明"到了厕所这一生活的末端，足可见管理者们的良苦用心以及人性化的管理理念，难道不应该为他们大大地点赞、大声地叫好吗？

二

还记得印度电影《贫民窟的百万富翁》吗？当看到小男孩跳进肮脏的粪坑那个镜头时，我们忍俊不禁，同时也暗暗嘲笑印度厕所的脏、乱、差。其实，我们生活中的厕所状况也曾经令人不堪回首。

贾平凹的小说《高老庄》，写大学教授子路带城里的新婚妻子西夏回老家高老庄，途中西夏要上厕所，她来到一户人家的后院，见有一块菜地，"菜地角立栽着一圈碗口粗的木棒，苍蝇哄哄着，那就是厕所……里面仅有个粪坑"，她勉强蹲下，"却听得有呼哧呼哧声，扭头看时，木棒圆角的低矮小棚里竟然走出一头猪要来吃屎，吓得提了裤子一边往外跑，一边锐喊。"小说形象地反映了二十世纪八十年代西北山村的情形——厕所和猪圈是连在一起的。

其实，从前我们农村的厕所也是和猪圈连在一起的，厕所一般都是在正屋的后边或者旁边偏后，比正屋要低矮，没有门，全敞开式。一般分三部分，中间是一个直径两米左右的粪坑，坑里砌上砖头，坑上安放一张大大的形似椅子的木架子，这便是厕所。厕所两边是猪圈或羊圈。猪圈不大，只能养三四头猪。猪圈地面铺了砖，靠粪坑这边地面稍低，并且在栏杆下留一缺口,猪尿会自然流入坑中,猪粪却要人工清理,从缺口推入坑中。厕所与猪圈中间没有隔墙,只有一米来高的栏杆。

上厕所时可以看猪吃食时的争抢,可以看猪吃饱后撑着个圆滚滚的硕大的肚子躺在猪圈里懒洋洋地晒太阳,可以看蜘蛛在栏杆边迅速地来来回回地织网再静静地待在网中心等候猎物。拿起一根稻草,用草尖轻轻地触一触蛛网诱骗蜘蛛前来捕食,可是蜘蛛却很少上当。于是脑海中便会闪现一个谜面——南阳诸葛亮,稳坐中军帐,摆出八卦阵,单捉飞来将。

可以看另一边羊圈里的羊眯缝着眼睛悠闲地不停地咀嚼,时不时"咩咩"两声。可以看散发着油墨味儿的用于做手纸的皱巴巴的报纸上的图片、黑字,看被撕得只剩下几页的书上的断章残句……可以看眼前飞过两只重叠在一起的绿头苍蝇。还可以细数猪圈前枝头上微黄的柿子,可以猜想不远处大树顶上鸟窝里面住了几只鸟,可以随着蓝天上的白云飘飘悠悠……正悠哉悠哉,忽然传来父亲或母亲大声的斥责——讨债鬼,掉茅坑了?还不快回来烧锅!

三

不过,还真有人掉茅坑了。《左传》记载,晋景公姬獳"将食,涨,如厕,陷而卒"。晋景公吃了东西,肚子胀,去上厕所,掉粪坑里淹死了。位高权重的君主都可能掉厕所,这说明以前的厕所真的很简陋,很不安全。

童年时我也亲眼见过有人掉下去。邻居家有一个十二三岁男孩,智力发展有点慢。一个冬天的中午,我们正在家忙碌,忽然听到有人慌张地大声叫喊,等我们跑出来看时,他已经被捞出来脱得精光,瑟瑟发抖地站在厕所前,家人正用大盆大盆的热水往他身上浇。

也许正是因为厕所是肮脏又不安全之地,所以人们常常唯恐避之而不及,也就很少有人去关注它,去改善它。

随着社会的发展,城市的卫生设施已经得到了极大的改善。哈佛大学遗传学家加利·拉夫昆认为,在延长人类寿命的诸多因素中,厕所是最大的变量,现代公共卫生设施使人类的平均寿命延长了二十年。因此,过去两百年中,医学界的最大里程碑,不是青霉素,而是"卫生设备"。

我们的城市把"卫生设备"的改造作为工作重点,使得城市居民的生活条件、生活环境得到了极大的改善,真正做到了"前进一小步,文明一大步"。

四

英国著名杂志《焦点》曾邀请一百名最具权威的专家和一千名读者,评选世界上最伟大的一百项发明,榜上有名的有电脑、飞机、电灯、印刷、轮子、收音机等等,但在它们之上,排名第一的居然是抽水马桶。

我一直很好奇,为什么叫"马桶"呢?研究后却发现跟"马"压根儿没有关系。据说汉代李广李将军射杀老虎之后,便让人把虎头做成了溺器,表示对老虎的蔑视,叫作虎子。到了唐朝,因为唐太宗李世民的曾祖父叫"李虎",为了避讳,便将这大不敬的名称改为"马子",后来渐渐演变为"马桶"。

马桶就是个移动厕所,是生活必需品,它曾经是嫁女儿时必不可少的陪嫁品。大红的油漆,黄灿灿的铜箍,里面铺上一层红枣、花生,寓意早生贵子。作为陪嫁物的时候不叫马桶,而是叫"子桶"。其实过不了几天,它就成了名副其实的马桶,所以有歇后语曰:新娘子的马桶——三日新。等寓意成真,生出许多"贵子",他们便会编出谜语"坑"同伴儿——一个坛子两个盖儿,里面装的黄小菜儿,哪个猜到叉两筷儿。呸!呸!恶心!于是打闹成一团。

二十多年前我出嫁时,外婆坚持一定要陪嫁给我一只马桶。我极力反对,都什么年代了,还来这一套!可是外婆很坚决地说"这是应该的"。拗不过她,最后去泰宁市场买了一只带盖的红色球形塑料桶。她在里面铺上精心选好的红枣、花生,然后让它陪我开始了一段新的生活。

我以为这些旧习俗早已销声匿迹了。可是最近在侄女的结婚用品中,我竟然还看到了"子桶"。依旧是大红的油漆、黄灿灿的铜箍,可是已经由实用型的日用品变成了迷你型的案头摆设。我好奇地问"哪里买的",她说网上。我打开淘宝,呵,好多!买的人竟然也好多。

原来,时光在流逝,科技在进步,生活条件在改善,许多旧的事物渐渐被淘汰。可是却有许多东西,尤其是那些寄托了人们美好希望的东西却永远也不会消失,永远那么根深蒂固。

五

三十年前在苏州读大学期间,常去苏州园林游玩。有一次游拙政园,正准备进园内的公厕。一个导游挡在厕所门口,不许我们进去,理由是里面有外宾。当时我们很气愤,在心里大骂导游崇洋媚外。后来我们才知道人家发达国家的厕所卫生条件很好,私密性也很好。而那时我们的厕所私密性很差,都没有单独的门以便保护隐私。

多年以后,渐渐地国内一些城市公厕里也开始安装抽水马桶,也开始给每个厕位安装门,门里面还安装插销。

渐渐地我们小城的厕所也变得如此洁净,如此私密,而且还出现了"厕所开放联盟"。

管仲说"仓廪实而知礼节,衣食足而知荣辱"。是啊,物质文明的发展决定了精神文明的发展,也正是因为我们社会经济的长足发展,才有了如此卫生的环境、如此人性化的"联盟",也才有了普通百姓的良好的生活环境。

近日,喜闻家乡海安正式入选了第六届全国文明城市,心中油然而生阵阵自豪:为家乡获得如此高级别的荣誉称号,为家乡的日新月异的发展,为有幸生活于此并为之贡献过自己的一份力量的你和我,也为如此贴心而又暖心的"厕所开放联盟"。

愿我们的家乡越来越美。

情人节·鲜花与猪肉

情人节又快到了。

不知什么时候开始从国外传进了情人节,每到2月14号这一天的黄昏,街头便出现了许多卖花的:有玫瑰,红的、粉的、黄的,更有一种蓝色的,名曰蓝色妖姬,听名字就知道很名贵;还有喇叭状的百合,洁白而芬芳。这缤纷的色,这沁脾的香,与夜幕下黄晕的光、两两相依的影、眉间洋溢的笑,互相辉映、融合,处处弥漫着青春、浪漫与幸福。

每年这个时候我走过街头时,都会在花摊前放慢脚步,故意漫不经心地看一眼,再偷偷深吸一口那诱人的香,然后装作若无其事地走过。

我真想给自己买一朵花儿。可是又怕人笑话,因为这一天,这些花儿似乎只专属于年轻人的。

年轻时我也曾暗示过先生,流露过对收花人的羡慕。先生玩笑地说："送什么花儿,还不如送三斤猪肉。"

刚结婚时,日子过得捉襟见肘,鲜花真的是奢侈品。想想他说得也是,鲜花几天就枯萎了,三斤猪肉可以供全家吃好几顿呢,于是便不再流露对鲜花的渴望。

儿子上小学的时候,有一天,父子俩很晚才回来,儿子手里竟然捧了一大束鲜花。我很奇怪,问儿子怎么回事。儿子只是神秘地笑着把花送到我手里,问先生,他也只是笑。我在脑海里迅速地搜索着到底是什么日子,忽然想起是2月14号。

我更好奇了,太阳怎么会从西边出来了?猪肉也没有降价啊!

我仔细地欣赏着人生第一束属于自己的花,红的玫瑰、白的百合、绿的满天星,搭配正好。吸一口,醉人的香。

为了解开心底的疑惑,我不断地探问儿子。原来父子俩去散步,一个卖花的小姑娘拉着爸爸说:太晚了,天又冷,她要收摊回家,这最后一束半价。

我问:"半价多少钱?"

儿子说:"五十块。"

我的心一痛——这可不止三斤猪肉啊!

后来,每年这个时候遇到卖花的,我便拉着先生快速走过,故意不屑一顾。

可能很少有女人能抵得住鲜花的诱惑,女性好像天生骨子里就爱花儿,看见花儿心情就会愉悦。所以当儿子长大了,不知道送什么给女朋友时,我极力推荐送花儿。他说,又不值钱,人家会不会嫌弃。我说,真正有品位的人并不在乎礼物的贵贱,而在于情分的浓淡,外国人送花,有时就送一枝花,不是也挺好。正所谓花香不在多,情真何须贵。

渐渐地我发现,虽然没有鲜花,有人愿意陪着,粗茶淡饭,平平淡淡,也挺好。他不会为我过结婚纪念日,也不会为我买生日礼物,只有一次例外。

我三十岁生日那天,他忽然说要送个礼物给我,硬拉着我去人民路上的华艺金店,说要给我买条金项链。我很奇怪,怎么忽然舍得给我买这么贵重的礼物了?他说,最近办公室的同事说他们当年结婚时都给老婆买了戒指、项链,我却什么也没有。他觉得很亏欠我,说一定要补买一个给我。

我不肯,每月要还房贷,哪有闲钱买这个?可是他却坚持帮我买了一款带鸡心吊坠的黄灿灿的金项链。

我戴着来到学校,一个同事看了看说:你这项链是结婚时买的吧,现在都流行铂金、彩金了……

回到家照照镜子,觉得确实有些不合时宜。于是便取下,藏起来,至今都没有再戴过。只有偶尔翻箱倒柜时,拿出来掂一掂,沉甸甸的。

有一次办公室一同事说,她先生夜里出差回来,她已经睡了,可先生硬是给她套上刚买回的手串。她边说边洋溢着幸福的笑。

后来拉家常时我把这事告诉了先生,他没有说什么。可巧过了几天,他去云南旅游。回来时,他小心翼翼地打开行李箱,还神秘地说:"我没有跟你商量,买了件东西,但愿没有弄坏。"然后打开包裹着的一层又一层的衣服,露出一个红色的硬纸盒。打开纸盒,里面是一只玉镯,完好无损。

他迫不及待地要我戴上。还说这次学了好多东西,玉文化真是博大精深,黄金有价玉无价,因为世上没有完全相同的两件玉。玉也是中国文化的瑰宝,好多成语都与玉有关,比如,形容人性格好,温润如玉;形容男子有风度,玉树临风;形容人坚贞不屈,宁为玉碎不为瓦全……他还说这次的导游真有才,对玉文化有着极深的研究。

听到这儿我懂了,他被导游忽悠了。可是,看着他那股热情劲儿,我怎好点破他。于是只得听从他赶紧戴上。他还说玉可以养人,人也可以养玉。

可是哪里戴得上,我的手太粗了,只能勉强塞进五个指头,手掌处怎么也戴不进去。他说:"我看导购小姐一下子就戴上去了,觉得你也可以的。"我说:"我可是劳动人民的粗壮大手,人家那是纤纤玉手。"正当我准备放弃时,他忽然记起:导购说了,弄点肥皂水就可以了。

我擦了好多遍肥皂,还是不行。关节处被磨得通红,疼痛难忍。我说算了,留着以后送给儿媳妇吧。可是他却不甘心,说你用温水把手泡泡,把关节泡软了一定可以,说着还端来一盆热水。盛情难却,我只得照办。泡了好一会儿,再擦肥皂,再使劲往上套,费了九牛二虎之力,终于套上了。他也终于松了一口气。

我问,花了多少钱?他说,只要你喜欢就行,玉是无价之宝。我听出了,一定不便宜。

我不好再追问,但是心里也纳闷,他怎么会一下子有钱了呢,难道还藏了私房钱了?

过了一个多月,他忽然说:"你卡里还有钱吗?我要还一下信用卡,上次去云南透支了一下。"这时我才知道,那玉镯竟然花了我们三个月的工资。

我在心里暗暗叫苦,后悔莫及,悔不该当初把同事的故事讲给他听。

镯子戴在手上,却疼在心里。那么个石头戴在手臂上,白天还好,夜里冰凉,一不小心就勒得我血流不畅,手臂酸痛。我也不管什么玉养人、人养玉了,又费了九牛二虎之力把它卸下,从此再也没有戴过。

现在每次翻出来看到时,心里是既苦又甜,五味杂陈。

每每看到影视剧里的男主,往往都既事业有成又多情浪漫,很是羡慕。而自己的生活好像总缺了点什么,或许是浪漫,或许是甜言蜜语。

可是,转念想想,他若是善于献殷勤,善于甜言蜜语,善于制造浪漫,那么他对别人不也会如此吗,那不是很危险了吗?这么一想,原来找个实诚的人过一辈子,也挺好。实在、安稳,这不也是一种幸福吗?

今年的情人节,你将怎么过呢?

鲜花诚可贵,爱情价更高;囊中若羞涩,猪肉也挺好。

"傻"也是一种坦荡

早上看到一则新闻报道,一个打工的小伙子捡到一个钱包,发现里面有九千元现金,小伙立即报警后并交还失主。失主很感动,并且不解地说:"你为什么这么傻啊?"

看到这里,我深深地理解小伙为什么这么傻,因为二十年前我也曾捡到过一个钱包。

那是一个清明节的中午,我从乡下祭祖返回县城。那天阴雨绵绵,我撑着雨伞在公交站台等候回县城的公交车。这里是起始站,路边竖立着的一根钢管,钢管上焊接着一块牌子,牌子上白底红字——立发中学。

等车的只有我一个人,路上也少行人,学校里的孩子们正在午休,一切都那么安静。学校对面的桑树正在吐绿,马路边的小草吸饱了春雨,探头探脑地钻出地面。我抬起脚,踢起脚边一颗石子。忽然,我发现脚边不远处竟然有一个鼓囊囊的黑色小包。

我弯腰捡起,沉甸甸的。拉开拉链,里面有厚厚的好多钞票!我的心突然开始狂跳。继续翻看,发现还有几张超市购物券、煤气票、银行支票、医院就诊单,一大串钥匙,等等。还没来得及细看,公交车来了。我急忙上了车,手里拿着那个钱包,并下意识地用雨伞把它遮住。我害怕车里有人会忽然站起来责问:"我的钱包怎么会在你这里?"

我忽然觉得我这样做跟偷有什么区别,因为我拿着不属于我的东西。我的脸火辣辣的烫,心突突突地跳,手脚瑟瑟地抖。

小时候,我连做梦都想捡到个钱包,然后随心所欲地买自己喜欢的文具、零食、衣物,那该是一件多么美的事。

今天我竟然"美梦"成真了。那一叠钱至少一千元,将近我两个月的工资。超市购物券也可以换回一大堆的生活日用品,煤气票可以管上大半年……我头脑里迅速盘算着。

可是里面还有账单、钥匙、证件等,丢东西的人这会儿该是怎样的心急如焚啊。想到这里,我觉得脸颊更烫了,心跳也更快了。

我坐立不安。该怎么办呢?

我看了看车上的人,有的在打瞌睡,有的看向窗外,司机正专注地开着车。我该去打扰他们吗?他们会给我出什么主意呢?会说"见者有份",让我跟他们平分吗?还是会带我去公安局验明我是不是小偷吗?

头脑中各种念头不断掠过,犹如车窗外飞速掠过的树木、房屋,一个接着一个,弄得我头皮发胀,头痛欲裂。

车终于到站了,我赶紧下车,短短的半小时路程我却似乎走了半个世纪。爬上六楼,回到家,先生奇怪地问:"你怎么了?"

我如实相告,忐忑不安地等候着他的决定。他沉思了片刻,冷静地说:"还给人家。"我说:"你看着办吧。"说完,我人生第一次感受到什么是如释重负。然后我倒头便睡,睡得好香,好甜。

醒来后,先生告诉我,他通过银行账单上的信息去银行找到了失主,把所有东西全部交还。他还说:"人家要给答谢,我没要。"虽然没有任何酬谢,可是我却感到一身轻松。

这时,我才真正体会到了《论语》里"君子坦荡荡,小人长戚戚"的真正含义。

小伙子,我知道你为什么这么傻了,因为"傻"有时就是一种坦荡。

2018.12.12

无限大的键盘，怎能奏出音乐？

——《海上钢琴师》观后感

昨天去影院观看了重新修复后的老电影《海上钢琴师》，很震撼，很感动。

有一个画面一直定格在脑海中。主人公1900经过了激烈的心理斗争，决定离开他生活了三十多年的那艘船。他走上跳板，走向岸边。可是当他走到了跳板中间，望着对岸那楼群林立的城市时，他停住了，犹豫了。

身后，他要离开的是他生于斯、长于斯的弗吉尼亚号游轮。他是一个弃婴，一个黑人锅炉工收养了他，给他取名1900（他在1900年被捡到）。在他八岁时养父死了，他没有生日，没有父母，没有家，没有任何身份证明。三十多年来他从未离开过这艘船。

游轮宴会厅经常举办钢琴演奏，他耳濡目染，竟无师自通地学会了弹奏钢琴，他会即兴弹奏各种美妙的乐曲。钢琴是他最好的陪伴,音乐是他最大的快乐。他陶醉其中,船上的乘客们也陶醉其中。他获得了很多的快乐、很大的名声。

面前,是令无数人心神驰往的繁华都市。凭借他的才华、他的名声,他可以获得他所需要的金钱和地位,可以拥有自己喜欢的女人,然后生一堆孩子,有一个别人认为很幸福的家。

是留在此岸——船上,还是登上彼岸——陆地?

此岸,他注定很孤独。但是这里的一切他很熟悉,也很简单。这里只有钢琴,只有有限的八十八个琴键。但他在有限的键盘上,却弹奏出了无限美妙的音乐。

彼岸,很诱人,也很复杂。

1900忽然感觉到前面"连绵不绝的城市,什么都有,除了尽头"。"走过跳板,前面的键盘有无数的琴键",可是他忽然醒悟:无限大的键盘,怎能奏出美妙的音乐?

是啊,我,我们,不就是那个1900吗?

人生旅途中,我们都曾无数次渴望离开这个自己生活着的、熟悉的、狭小的、简单的此岸,跃跃欲试、踌躇满志、满怀憧憬、迫不及待地要登上那个令人向往的、纷繁复杂的、充满未知的彼岸。

这个此岸,这艘船,不就像我们的家、我们的工作、我们的单位、我们生活着的这块土地吗？

此岸的确很小，就像那艘船，只有船头到船尾那么大；也像那架钢琴，只有有限的几十个琴键。可是在这有限的琴键上我们可以弹奏出自己最美的音乐，在这个狭小的船上我们也可以活出自己的精彩。

大学毕业后分配到小县城工作的我，也曾抱怨过、失落过。可是这个小城，我生于斯，长于斯，工作于斯。在县城的这个小小的学校里，我度过了一个又一个春秋，陪伴过了一届又一届学生。

这些学生多么像电影里那艘船上的乘客，走了一批又一批，而我和我的同事们依然守在这艘船上，从未离开。这个讲台又多么像那架钢琴，讲台很小，但是在这里我们传道授业解惑，我们循循善诱，我们激情洋溢，我们神采飞扬……在这有限的键盘上，我们弹奏出了无限美妙的乐章。

彼岸的确很大。那里有无数的机会、无数的金钱、无数的名誉、无数的香水、无数的琴键……可是人们真的都能在那里找到真正属于自己的精彩吗？在那无限多的琴键上，人们真的都能弹奏出美妙的音乐吗？

现实生活中有许多人登上了彼岸才发现，"在那个无限蔓延的城市里，什么东西都有，可唯独没有尽头"。1900预见到"那个世界好重，压在我身上"。他说："你甚至不知道它在哪里结束,你难道从来不为自己生活在无穷选择里而害怕得快崩溃掉吗？"

那个彼岸,那个陆地,其实是一种象征,象征了现实生活中的人们无穷无尽的欲望,无穷无尽的物质追求。1900说:"陆上的人喜欢寻根问底,虚度了大好光阴。冬天忧虑夏天的姗姗来迟,夏天则担心冬天的将至。所以他们不停四处游走,追求一个遥不可及、四季如夏的地方。"

1900把彼岸比喻为"无限大的键盘"。是啊,当键盘无限大的时候,又怎能奏得出美妙的音乐呢？当人们的欲望无止境时,又怎能活出真正的精彩,又怎能获得真正的幸福呢？

所以他说,他并不羡慕陆上的人们。

1900反身回到了船上,再也没有离开,哪怕战争来临,哪怕那艘船被废弃,他都依然固守着。他说:"原谅我,朋友,我不会下船的。"

也许有人要说,1900是个胆小鬼,是个懦夫,是个不思进取的人。他唯一的朋友——小号手马克斯,也竭尽全力想说服他离开那艘即将被炸沉的船只。可是当他耐心听完1900的心声之后,他懂了,理解了。

1900离不开的其实是那片真正属于他自己的,那个能够让他尽情发挥,能够让他挥洒自如、心无旁骛地弹奏自己的音乐的那个领地。

影片最后,当1900和弗吉尼亚号一起被炸沉的时候,我忽然想起孔子说过的那句——君子固穷,"君子"在处境困难时也会固守自己高尚的节操。

1900不就是这样一位"固穷"的君子吗?他追求的那个"此岸"——弗吉尼亚号——哪怕破烂不堪,甚至要被毁灭,他也要固守到底。

因为那里才是他的精神键盘,那里他才能弹奏出世间最美的音乐。

朋友,你的能弹奏出美妙音乐的键盘又在哪里呢?

2019.11.18 晚

可乐，对不起！

今天天气真好，秋高气爽，万里无云。可乐，我答应过你，等你病好了，腿不疼了，我就带你去河滨公园的大草坪，你最喜欢在那里撒欢，也喜欢趴在草地上，傻傻地看天、看我。

可是，对不起，可乐，我没有能够把你的腿治好，反而让你越来越疼。

你疼得无法站立，就拼尽全力拖着后腿挪到我身边，乞求我的帮助。你呻吟着，控制不住地号叫着。只要我伸手摸摸你，你会立即停止呻吟，似乎我的手有神奇的止痛功能。我一停止，你就又呻吟、喘息、抽搐。于是，我不停地陪你、摸你。摸你可爱的脸，摸你耷拉着的耳朵，摸你柔软的毛……渐渐地，夜深了，你似乎睡着了，我也上床睡去。可是不到半小时，你又开始痛苦地呻吟。你轻轻地用脚挠我的卧室门，我打开门，让你睡在我的床边,你安静多了。不一会儿,我在睡梦中发现你把嘴搁在床边轻轻地拱我,求我抚摸。我披上衣服,坐到你身边,继续抚摸你……就这样反反复复,又是一个无眠之夜。

可乐,对不起。十多天来,我的抚摸其实并不能减轻你的病痛,只是你觉得有我在你就不会孤单,不恐惧。所有的止痛针都不能阻止你的疼痛,我知道你正在遭受世界上最痛的疾病——骨癌的折磨。

对不起,可乐,我真的很无助,也很无能。我无计可施,我只能眼睁睁地看着你被病痛折磨。我能想到的最好的办法就是让你早点结束痛苦。我无数次下定决心,又无数次否定。我就要亲手扼杀了你吗,可乐?

可是,对不起,可乐。我只能这样了,为了不让你继续遭受折磨。昨天上午 9 点 38 分,我帮你系上了我最喜爱的那条小丝巾,让它带着我的气息永远地去陪伴你。

随着药物的慢慢推送,你渐渐地睡着了,那么安宁,你再也没有了疼痛。

永别了,我的可乐。我让你孤零零地长眠于大地的怀抱之中了。

七年来,因为有你的陪伴,家不再冷清;因为有你的守护,我从不担心不速之客。你带给了我无数的快乐,可我却不能减轻你的痛苦,延长你的生命。

秋阳暖暖,碧空万里,金黄的银杏叶铺满草地。草地很柔软,可乐趴在上面,伸直前腿,把头往两腿间一放,紧贴着地面,头朝向我,眯缝着眼睛。一阵微风轻轻吹过,银杏叶沙沙飘落。草地上并无可乐。

可乐,我走出家门想忘了你,可我走过的地方都有你的脚印、你的身影。你已经深深地烙进了我的生命里,我又怎能忘了你。

我没有任何养狗知识就养了你。我不知道你不能吃葡萄,却喂你好多葡萄干;我不知道母狗不节育会后患无穷;我不知道你的关节很脆弱,却任你腾空跳跃;我不知道你已经生病了,却总责备你偷懒不肯走动,甚至硬拉着你去散步……

可乐,对不起。

有一种赢,叫赢了自己

最近在影院观看了贾玲自编自导自演的电影《热辣滚烫》,感慨颇多。

当贾玲饰演的杜乐莹输了拳击赛却说自己赢了时,后排一个小男孩问妈妈:"她不是输了吗?为什么却说自己赢了?"妈妈回答:"她赢了自己。"

多么准确的诠释!多么睿智的妈妈!

是啊,有一种赢,叫赢了自己。

大学毕业后的杜乐莹失业在家,无所事事,慵懒放纵,整天除了吃就是睡。失业又失恋,自卑又自弃。在遭受了家人嫌弃、朋友算计、亲戚伤害、恋人抛弃等多重打击后,她决心要改变自己。她选择了羡慕已久的拳击运动,她想借此好好做一回自己。

一滴又一滴的汗水,一日又一日的艰苦训练,她咬着牙坚持了下来。一年的坚持让她蜕变了:满身的赘肉变成了健硕的腱子肉,沉重的脚步变成了如飞的健步,躲闪不定的眼睛散发出了刚毅自信……

偶然的机遇让她有了人生第一次与专业选手的较量,她明知自己不是对手,明知会输得很惨,但她依然选择搏一次。不出所料,她在强大的对手面前毫无招架之力。她被痛击一拳又一拳,她一次又一次重重摔倒。但是她却一次又一次地站起来,只为坚持打完所有的回合。最终她输了,伤痕累累。

可是,她擦干了汗水与血水,对自己说:"我赢了。"

是啊,杜乐莹虽然输了比赛,可是她却赢了自己:她以坚韧的毅力战胜了那个懦弱的自己,她以严格的自律战胜了慵懒散漫,她以自信战胜了自卑,她以希望战胜了迷惘。她不再一味地放纵自己、讨好别人,而是活出了自我。

战胜自己的弱点,活出真正的自我,不就是一种赢吗?

曾经的我们都认为战胜别人,才叫赢。

于是人与人之间就多了许多竞争、许多比较:我们与别人比谁的收入高,与别人比谁的房子多,与别人比谁的权势大,与别人比谁的娃成绩好……比着比着,我们发现永远有人比自己富有,永远有人比自己有权势,别人的娃永远是别人家的娃……山外青山楼外楼,比来比去何时休？

　　于是，我们在不断的失败、不断的挫折面前开始怀疑自己、否定自己、责备自己、迷失自己，渐渐地有人躺倒不干了，有人自我堕落了，甚至自我毁灭了。

　　《老子》中说："胜人者力，自胜者强。"意思是说，战胜别人者是有力的，但战胜自己的人才是真正的强者。

　　其实每个人都有许多弱点，软弱、胆怯、害怕吃苦、喜欢享乐，等等。如果一味地放纵自己，人就会堕落；如果能够凭借顽强的毅力克服这些弱点，人就会成为强者。

　　古今中外凡有所成就者，无一不是有着战胜自我的顽强意志力的。

　　比如米开朗基罗，为了完成心中的宏伟目标——西斯廷穹顶画，他成年累月地把自己关在工作间里，长时间地专注于自己的创作，以至于腿脚肿胀得连靴子也脱不下来，只能用刀将它割下。

　　比如贝多芬，他长年遭受耳聋的折磨，但却依然顽强地战胜自我，把痛苦化为欢乐，谱写出激越昂扬的《欢乐颂》，谱写出充满柔情的《致爱丽丝》，谱写出一首又一首充满欢乐的美妙乐曲。

　　比如居里夫人，她和丈夫克服被辐射伤害的恐惧，在艰苦恶劣的环境中，以惊人的毅力从成吨的矿渣中提取了微量的镭，并且不计个人利益地把这一发现公之于众，让它服务于全人类。

还有许许多多有着杰出成就的伟人们，他们正是在这种不断挑战自我、不断战胜自我的努力中，给人类留下了宝贵的艺术与科学财富。

以赢别人为目的，赢者往往会自负，输者往往会自卑；自负者常因满足而裹足不进，自卑者常因害怕而畏葸不前。

而只有以赢自己为目的者，才能在不断战胜自我中增强自信心，实现自我价值。也才能在不断超越自己中，创造新的自我，创造新的作品、新的思想，从而成为真正的强者。

杜乐莹赢了，她赢了自己。这也是一种赢，是一种真正的赢。从她坚定的脚步、灿烂的笑容中，我们看到了一个崭新的杜乐莹，我们有理由相信她今后的人生一定会很充实很精彩。

是啊，我们要想获得成功，要想获得幸福快乐，不妨从赢一回自己开始。

校园你我它

我爱海中

看到这个题目,你一定会笑话我,说我矫情。可是,待读完全文,你再笑话也不迟。

在海中工作生活已经二十六年了,这里留下了我许多难忘的记忆。

先生的单身宿舍在教工宿舍楼的后边。说是宿舍,其实是一排狭小低矮的车棚。八位新调进的单身男教师,一人一间,比邻而居。条件虽然艰苦,大家却相处融洽。我常从乡下学校来此蹭饭。

结婚时学校安排了婚房,在西小楼的底层,一室一厨。房屋年久失修,光线昏暗,墙壁斑驳。房间朝北,终年不进阳光,冬天十分阴冷。我们动手粉刷一遍,简单布置一下,倒也温馨了许多。西小楼原是韩紫石家的瞭望楼,共两层,青砖红瓦,是海安最早的小洋楼。后来西小楼被拆除并建成了体艺馆,可在西小楼度过的每一天都永生难忘。

我爱海中,不仅爱这里曾经的生活点滴,更爱海中的声音。

你听——

晨曦微露时,学校已经传出了美妙的轻音乐。音乐是从学校茂密的树林中传出来的,又像是从青草地里钻出来的,走到哪里都会跟着,如影随形。舒缓的旋律唤醒了林中的小雀、枝上的花朵,也迎来了步履匆匆的学子、老师。这是班得瑞的音乐——令人神清气爽。

接着,早读开始了,这时传来的是交响乐。这音乐是由教室里传出的琅琅书声汇聚而成的,似黄河奔腾,似万马齐鸣。这是贝多芬的音乐——令人心潮澎湃。

正式上课了,校园安静了。

这时,树上的鸟儿登场了,呼朋引伴,叽叽喳喳。有一只占据了树冠的最高枝,竭尽其能地卖弄着它婉转的歌喉。不远的树梢顶也传来一两声清脆嘹亮的歌声。然后便是一问一答,一唱一和,自得其乐,不知疲倦。真是"好鸟相鸣,嘤嘤成韵"。这是天籁——百听不厌。

跑操时间到了,积极昂扬的跑操音乐响彻校园,学子们纷纷飞出教室,欢呼雀跃。又迅速列队,整齐而有节奏地跑步前行。震天动地的脚步声,催人奋进的进行曲声,融汇成了充满活力的青春之声。

还有一种声音,唯此独有,那是讲台上传来的。有的娓娓道来,有的激情洋溢,有的循循善诱,有的苦口婆心,有的春风化雨……那是老师们在传道、授业、解惑。这声音日复一日,年复一年,绵延不断,经久不衰。

这是世间最真挚、最动听的声音,因为这声音传授了知识,传播了真理,传承了文明。

我爱海中,还因为她的芬芳。

嗅一嗅吧……

新年刚过,最先芬芳的是蜡梅。那芳香,嗅之令你忘俗。

然后,杏花、桃花、梨花、海棠、樱花、郁金香、牡丹、芍药……一股脑儿地竞相开放,争奇斗艳,招蜂引蝶。你还没来得及细嗅,她们便又悄然离场,"化作春泥更护花"。

最让人心生嫉妒的是樟树,他拥有伟岸的身躯、茂密的枝叶,却还要让每一片树叶都散发出怡人的芬芳,而且一年四季都常绿常香。

初夏时节,成才大道旁竟有"无边落木萧萧下"的盛况——那是樟树换叶了。嫩绿的新叶已经长成,微红半黄的旧叶才放心离开枝头,纷纷飘落。微风吹过,飒飒飒,地面便铺上了一层彩色的叶的毯。踩上去瑟瑟作响,脚底生香。

新上岗的嫩枝嫩叶,绝不辜负先辈的期望,竞吐芬芳。当你惊讶于那么细小的树叶怎会如此芳香时,却发现嫩枝的顶端竟然开满了许多花朵,淡绿色,米粒一般大小。不开则已,一开便是满树;不香则已,一香便是漫天。正如我们的学子,不鸣则已,一鸣便是惊人。

秋天来了,桂花的香气如约而至。起初,只是淡淡的,若有若无,循着香气总想去看看究竟是哪一棵树开了花。后来啊,芳香四溢,每个教室、每个角落都是芳香,你只管张开口鼻深深呼吸吧,甜滋滋的,沁人心脾。

冬天,最吸引孩子们的味道,当然是春晖堂红烧肉的香味了——别笑我,我也是个俗人,闻到这香味就垂涎欲滴了。

我要大声地说——我爱海中!

这里我笑过也哭过,喜悦过也悲伤过。

法国作家圣·埃克苏佩里的《小王子》里说,"正因为你在你的玫瑰上花费了很多时间,你的玫瑰才变得如此重要。"是啊,海中不就是我花费了很多时间的那朵"玫瑰"吗?

还笑我矫情吗?如果这也是一种矫情,那么我愿意"矫情"到永远。

2019.4.25

谢谢您,我的母校

母校,您今年六十岁了,梅广稳校长问我:"你不为母校写点什么吗?"

是啊,我也早想为您写点什么了。因为您在我的生命里是那么的重要,没有您,也许就没有今天的我。

母校,您知道吗,十二岁那年我第一次踏进了您的大门,当年的我还是那样的懵懵懂懂,年少无知。七年后,走出您的校门时,我已怀揣着大学录取通知书,意气风发。

母校,是您培养了我、帮助了我、见证了我。我的初中三年、高中三年、补习班一年,都是在这个叫作立发中学的地方度过的。这里有我的苦痛,也有我的欢乐,有我的汗水,也有我的泪水。

刚进学校时,学校只有简陋的两三排平房,前排红砖墙红洋瓦,后两排青砖墙黑小瓦。前排初中,后排高中。每年9月1日,我从这个教室搬到另一个教室,就意味着升了一级。我从前排搬进了后排,就意味着我从初中升到了高中。

年年岁岁花相似,岁岁年年人不同。虽然教室还是那些教室,老师还是那些老师,可坐在教室里的我们,却一天一天地充实起来、成长起来。

一

初中时,学校有一支女子篮球队,每天早上我们到学校上早读时,她们就已经在操场上训练。一进学校大门就是操场,一块被碾压得平平的泥地,南北各竖立着一个篮球架。每天去教室时都要经过操场,每天也都会看到篮球架下的运动员们,一个个身着鲜艳的运动服,正在练习运球、传球、投篮。她们身材高挑,身手敏捷,英姿飒爽,让人好不羡慕。

上初二时,体育老师王大松忽然找到我,让我去参加篮球队训练,说学校正在选拔后备队员。我喜出望外,毫不犹豫地答应了。

于是,我也有了一套运动服:玫瑰红的上衣,玫瑰红的裤子,袖子和裤腿的外侧都镶着两条洁白的布条,上衣的后背上印着醒目的两个大字"立中"。

回家后,我迫不及待地穿上运动服,看着镜子中的我,第一次发现自己原来也很高挑,也很精神。尤其背后那两个大字,让我觉得很自豪,因为这支女子篮球队曾经获得过全县第一名的好成绩。

从此,每天的早晨、傍晚,我也加入了训练的队伍。运球,传球,三步上篮……一遍又一遍,一天又一天。

王老师每天都不厌其烦地给我们示范,给我们指导,给我们鼓励。他激励我们要发扬女排精神,不怕苦、不怕累,要我们为球队、学校增光添彩。

有生以来,我第一次懂得,我和一个集体、一个学校的荣誉是紧密相连的,心中陡然升起了沉甸甸的责任感。于是,流再多的汗也不觉得累,摔再多跤也不觉得苦。

谢谢您,母校!那时艰苦的训练,让我拥有了健康的体魄、顽强的毅力,还让我明白了什么是责任,什么是集体荣誉。

二

母校,您还记得吗?您每年都会举行"迎新年庆元旦游艺晚会"。元旦前的那个晚上,每个教室都会被学生装点起来。桌子凳子被堆放到教室四周,活动场地就有了;用红色皱纹纸把日光灯管缠裹起来,霓虹灯就有了;把各色皱纹纸剪成条状,从教室这边挂到那边,彩色的天花板就有了。

晚饭过后,全校的学生们便三五成群地,从一个教室赶到另一个教室,参加完这个游戏再去参加另一个游戏,每个游戏只要完成得好都会有奖品。奖品很丰富,有圆珠笔、铅笔、橡皮、本子等文具,还有水果糖、泡泡糖等小食品,还有发卡、书签等五花八门的小玩意。为了多得几个奖品,同学们毫无保留地交流着成功的经验、失败的教训。

每一个教室的游戏项目都不一样,猜谜语,掷飞镖,吹蜡烛,盲人摸象,小猫钓鱼……我印象最深的是吹蜡烛:一张学桌上点着几支蜡烛,另一张学桌把比赛的人跟蜡烛隔开,中间相距一米来宽。一口气把对面的蜡烛全部吹灭就算赢,就可以得到一个小奖品。

这个游戏看上去很简单,参加的人很多,要排好长的队才能有机会吹上一口。只见那学生深深吸上一口气,憋红了脸,然后嘟着嘴狠命地吹出去。旁边的人一齐呐喊"加油、加油",可是再怎么加油,总有离得最远的一两支吹灭不了。

工作人员重新点上蜡烛,后面的人再吹,前赴后继,乐此不疲。得到奖品的喜形于色,得不到的也不沮丧,因为其他教室还有好多机会,总有一项会让他旗开得胜。

那一晚,笑意写在每个人的脸上;那一晚,快乐盈满每个人的心里;那一晚,至今依然贮藏在我的记忆深处。

　　谢谢您,母校,是您在那贫困而单调的时代给了我们许多的欢笑和快乐。

三

　　初中时,我还不懂得要好好学习。有一次上政治课,教我们的是张吉士校长,他喊我起来背书,可我却一个字也背不出。

　　张校长可能是看出了我很无所谓的样子,便指着我的鼻子,怒目圆睁,机关炮似的批评起来:"学习忘了,你吃饭睡觉怎么不会忘了?学习的东西不掌握,你怎么吃得下饭、怎么睡得着觉?你每天来学校干什么的呢?你每天这么浑浑噩噩对得起谁呢?……"

　　被他这么一批评,我也才觉得自己真的是有些浑浑噩噩,从那时起我也才真正开始思考起"我来学校干什么的"这个问题,我也才真正开始思考起来人生,思考起未来。

　　老师,您知道吗?您的严厉让一个懵懂少年从此懂得要发奋学习,要做一个学有所成的人。

　　高中时,语文老师经常会把我的作文当作范文读给全班同学听,那时的我会羞红了脸,低着头。但从老师和同学们的啧啧称赞声中,我渐渐地发现我写的东西竟然还有人喜欢,也是从那时起我渐渐地喜欢上了语文,喜欢上了写作。

老师,您知道您的一句肯定、一句赞扬,曾经给过一个默默无闻并且有些自卑的学生多少的信心和希望吗?

是啊,在您的激励下,我一步一步走进了高考的考场。可是,罹患癌症已经三年的母亲却一步一步走近了她的生命的终点。每天放学回到家,看着被病痛折磨得痛苦不堪的母亲,我都会在心底对她说,您一定要坚持啊,等我拿到了大学录取通知书,您一高兴,病就一定会好的,因为广播里经常说好心情可以治愈疾病的。

1988年7月,我肩负着老师、家人的重重期望参加了高考。得知我的分数达到了高考录取分数线的那天,母亲笑了,笑得很开心。可是,奇迹并没有发生。一个月后,还没等到我的大学录取通知书,她就被病魔带走了。

送走了母亲,我才发现其他考取的同学都已经接到了录取通知书,而我却没有。经查询,是因为我填报的警察学校招录女生比例很低。我落榜了。

双重的打击击昏了我,我茫然不知所措。继续补习吧,家中因母亲生病已经负债累累,看着疲惫不堪的父亲,我不忍开口。就此放弃学习回家务农,我又实在不甘心。就在我进退两难、走投无路之时,徐春赋校长对我说:"来复读吧,学校决定给你减免学杂费。"

什么是雪中送炭,什么是急人所难,什么救苦救难,母校啊,您的仁慈和悲悯给了我最好的回答。

于是我又一次回到了您的教室,又一次聆听到了您的谆谆教诲,又一次有了跳出"农门"、改变命运的机会。一年后,我没辜负您的期望,我终于收到了苏州大学的录取通知书。

三十年过去了,这么多年来我都一直羞于表达我的谢意。可是,今天我一定要大声地说:"谢谢您,老师!谢谢您,我的母校!"

没有您当年的教诲和帮助,就没有今天的我,就没有我的今天。

四

四年后大学毕业了,陈顺源校长又接纳我回母校执教。

敬爱的母校,我又回到了您的怀抱,我也继续发扬您孜孜以求、诲人不倦的精神来教书育人。

后来,我虽然离开了您,调到了县城工作,可是您知道吗,每次我从您门前经过,我都会驻足好久,我都会凝望好久。因为这里有我太多太多的记忆,因为我心里有太多太多的感激。

六十年来,我,我们,一批又一批的学子从您的怀抱中飞出、飞远。可是无论我们飞到哪里,我们都不会忘了您,因为是您教导我们要"志存高远、脚踏实地",是您教育我们要"自强不息、永不言败"。

母校,千言万语,也道不尽我心中的感激,只能再一次道一声"谢谢"。

阿黄，你请留步！

六月的空气里弥漫着毕业季特有的味道——甜中有苦，苦中有酸，酸中有辣，五味杂陈。

目送着又一届学子告别校园，奔赴远方，老师们既有喜悦与欣慰，又有曾经千百个日日夜夜朝夕相处的不舍与留恋，还有许许多多没有唠叨完的叮咛与嘱托……

六月的天啊，已经够烦够闷了，偏偏阿黄又在这个时候窜将出来，跑遍了整个朋友圈，唤起了一届又一届学子对母校的回忆与惦念，唤起了和阿黄一样日复一日、年复一年坚守在海中校园的教职员工们的无限感叹。

学子们啊，你们尽情地远走高飞，尽情地搏击长空，尽情地遨游世界吧！

阿黄，你请留步！这里的校园才是我们继续生活、继续奋斗、继续挥洒汗水的地方。

我喊她,她似乎没有听见,继续慢慢地往前走,老态龙钟,步履蹒跚,低着头若有所思。可是她又似乎听见了,将到学校大门口时,慢慢地停下脚步,缓缓地坐下,就在大道中央,不偏不倚。她蜷着身子,把头回转向校园,目光深沉而柔和。

我停住了脚步,不敢再打扰她,就这样静静地看着她。她就像一个风烛残年、饱经风霜的老祖母,蜷坐在老宅门前的藤椅里。

这里她生活了一辈子,哺育了一个又一个儿女,拉扯大了一个又一个孙儿。

这里她见证了一个又一个日出,见证了一次又一次日落;见证了春去秋又来,见证了花开花又落;见证了风和日丽,见证了狂风暴雨……

这里她迎接过一批又一批历经千难万险考进校门的入学新生,这里她欢送过一批又一批踌躇满志、振翅远翔的毕业学生。

在操场,她陪伴过一届又一届学生自由奔跑;在教室,她陪伴过一个又一个学生挑灯夜读。

这里的每一个教室、每一个角落、每一棵草木,她都谙熟于心。这里的校园俨然成了她的家园。

谁又能说不是呢?十五年前你初次来到这里,就再也没有离开过。驱赶你,你不走;把你放汽车后备厢送到几十公里外的他乡,几天后你又奇迹般地出现在校园里;有人想集中收容你,你总是神不知鬼不觉地提前躲藏起来;我想带你回家,你却抵制住美味的诱惑止步于学校大门口……

你也曾身姿矫健,步履如飞;你也曾毛色发亮,貌美如花;你也曾眸光冉冉,风情万种……

我打开QQ相册,忽然记起我曾经给你做了一个窝。那时你把狗崽生在假山后的草丛里,有老师送了一把雨伞给你,可是风狂雨骤,脆弱的小伞又怎能遮风避雨?我立即回家用闲置的塑料筐、废弃的塑料板动手给你做了一个窝。

做完后我却忐忑不安:不保温怎么办?你不喜欢怎么办?

我一只手扶着车龙头,一只手拎着做好的窝,跨上自行车赶紧去学校送给你。可你却不在,我只得放在你常去的走廊里。我在心里默默地祈祷,希望你能看到,希望你不要嫌弃。第二天我去看你,看到你竟然拖家带口住了进去。

过了几天,我又偷偷去看你,看到你犹犹豫豫,举步又止。我低头一看,原来是你把狗崽奶得太肥了,三四只圆咕隆咚的。唉,都怪我造得太小了,不知道你家里人口众多。

我拿起手机,这一瞬定格在2015年3月18日。

继续翻看相册,又发现一张特写,茂盛的绿植下,你怀抱幼子,眸子里满是母爱。那一瞬定格在2015年4月7日。

继续翻看,竟然还保留着许多与你相处的点点滴滴。

那是一个寒冷的清晨,我到学校上早读课时,发现你一动不动地蜷缩在草坪上,身上、头上、眼睫毛上结满了厚厚的白霜,我的心像被什么揪了一下,很疼。

下班回到家,我赶紧找来硬纸板、胶带、浆糊、碎花布,又动手给你做了个窝。我怕地气太冷,还用我的棉衣改做了一个厚垫子垫上。

两天后,风雪交加。我赶紧去走廊,看到你静静地蜷卧在窝里面。看到我,你伸直前爪,摇摇尾巴,满眼笑意。我满足地转身离去。

这一瞬定格在2019年1月5日。

阿黄,每次遇到你,看到你对我摇摇尾巴表示感激,我都很是愧疚。

你知道吗,我曾经抱养了你的一个孩子,我把他寄养到乡下的妹妹家。几个月后我回去,发现他长得一点也不像你,浑身黄褐色斑纹,膘肥体壮,邻居们都说像豹、像虎、像猪,就是不像狗。

到了寒假我再回去时,却发现狗没有了,妹妹伤心地说狗被人毒死了。他中毒后还拖着衰弱的身子走回家,死在了家里的灶膛门口。后来有个外地人丢下十元钱,把狗拖上摩托车,一溜烟开走了。

阿黄,每次看到你尽心尽职地守护着人类的"幼崽",陪伴他们安心读书时,我的心总隐隐作痛。

阿黄,你知道吗?有时我喊你,请你留步,你竟然爱理不理径直走掉。我有时也很生气,咒骂你狗眼看人低,忘恩负义。可是,我又有什么资格咒骂你呢?

前年疫情严峻时,我们都在家里闭门不出,却也享受了一段全家团圆的天伦之乐。两个多月后,终于可以出门去学校取东西了。刚进校门,一个枯瘦的身影不知从何处钻了出来,皮包骨头,绕着我的脚边飞快地扭动着腰肢、摇动着尾巴。我忽然自责起来:天哪,这么多天,学校空无一人,外面也空空荡荡,了无生机,阿黄你是怎么挺过来的啊?我怎么竟然一点也没有想到来关心一下阿黄你呢?

我赶紧向门卫寻求一点东西给阿黄吃,门卫说,不要担心,吕校长刚买了狗粮送来了。"阿弥陀佛,谢天谢地。"从不念佛的我,心底里竟然冒出了这么两句。

阿黄至少十五岁了,相当于人类的耄耋之年了。她不再健步如飞了,她不再身姿婀娜了,她不再目光冉冉了……

可是,她就那么蜷坐着,望向校园,那么安静,那么镇定,那么慈祥,那么深情……

远飞的学子啊,尽情地去展翅翱翔吧,可是如果有一天累了,倦了,不妨飞回来吧,回来看看,看看依然守护着校园的阿黄,看看依然坚守着讲台的老师,看看曾经的校园,顺便喝一杯以阿黄命名的咖啡——YELLOW DOG(耶鲁·杜克)。

阿黄,你请留步,别着急老去!

悼阿黄

2023年9月6日早上,阿黄在灌木丛中被发现时已经永远地睡着了,享年约十七岁。

我很诧异,因为前天我还遇见她。她安静地趴在一楼教室前的走廊上晒太阳,我蹲下身子,想问问她吃了没。她没有跟往常一样摇摇尾巴,而是一骨碌爬起来,头也不回地往前走了几步,继续躺下。头朝着别处,似乎嫌我打扰了她的休息,我只得无趣地走开。没想到这竟成了最后的分别。

同事们更诧异。他们说阿黄最近追求者甚多,阿黄只对其中一条黑狗情有独钟。要知道,阿黄已经相当于人类年龄一百一十岁左右了(狗一岁相当于人类七岁)。阿黄至死都风流。

门卫说,最近几天阿黄都不是很精神,有时会独自痛苦地呻吟。老师们发现一整天都没有看见阿黄了,就到处找,最终在山石广场后茂密的绿植里找到了她,可是她已经没有了呼吸。这里也成了她最终的归属地,她将化作苍松翠柏继续守护校园,陪伴学子。最近阿黄再次走红,朋友圈里无数的老师、学生、家长都在怀念阿黄。

许多人不禁感慨:做狗如此,此生足矣! 是啊,阿黄何以能让人如此怀念呢?何以能活成了一个传奇呢?细细想来,觉得这跟阿黄的"七不"生存之道离不开。在此不妨与君共享。

一、不凶。阿黄的体型娇小,目光柔和,不像有些狗龇牙咧嘴,凶相毕露。她从不给人"生人勿近"的恐惧。她从不咬人,也从不装腔作势地吓人、吼人。善良!

二、不闹。阿黄懂得学习是需要安静的,每天她总是悄无声息地或走,或坐,或躺,十分安静。她也似乎深谙"沉默是金""寡言少祸"之道。心静!

三、不娇。阿黄在什么地方都能睡得安稳。冬天她以草地为席,白霜为被;夏天她以泥土为席,树荫为盖。有空调就蹭一蹭,没有就自找凉快地;有窝不嫌小,没窝天作穹庐地作铺——随遇而安。潇洒!

四、不傲。阿黄对所有人一视同仁,不因美丑、贫富、贵贱而对你有亲疏,不因得宠而傲娇,更不因出名而得意忘形。高兴时她对你摇摇尾巴,俯身低头让你抚摸;心情不好时,任你怎么喊也视而不见,爱理不理——率性!

五、不贪。学生、老师记得带东西,她就吃;忘记带也没关系,她自己去找;有时候好多人同时带,她实在吃不了,也不弄个冰箱存起来,或者换了钱存银行,她直接走掉,让其他猫狗去享用——大度!

六、不争。她不争功,不邀宠。你喜欢抚摸我,可以;你想抚摸别的狗,也可以。正如老子所讲:"以其不争,故天下莫能与之争。"豁达!

七、不懒。无论什么时候,你不经意间总会看到阿黄的影子,有时健步如飞,像一道金色的闪电;有时悠闲地踱着六亲不认的狗步。课间操铃声一响,她总会从角落里冲出来,踩着进行曲的节奏,第一个来到操场。然后跟学生们一起跑操,绝不偷懒。勤快!

认识阿黄的人总说,这个狗真聪明,通人性!是啊,何止是"通"啊,简直是"精通"。这也许就是阿黄的生存之道,成功之道。

以此纪念阿黄,也纪念曾经有阿黄的岁月。

师恩难忘

——写在第三十五个教师节

又到教师节了。

今天上课前,讲台上放着两盆小小的但充满生机的盆栽,旁边还放着一张精致的贺卡,展开,上面写着:郁老师,祝您教师节快乐!老师您辛苦了!落款是——高一(15)班级全体同学。

阵阵暖流从心中流过。我对全班同学鞠躬致敬,谢谢你们!

你们的感恩之心,让我再次感受到做老师的自豪,你们的感恩之心更加让我坚定了坚守三尺讲台的信念,也是你们的感恩之心引起我回首过往,重温师恩。

要想人不知,除非己莫为

上小学一年级的时候,我的书包是邻居家一个上了初中的姐姐淘汰了的。绛红色的棉布缝制成的,底部磨破了,有个小洞。母亲仔细地补上,再洗洗干净,就是我的第一个书包。

母亲又到村里的小商店,用卖鸡蛋换来的零钱给我准备了一个崭新的文具盒,一支铅笔,一把小刀,一块橡皮。母亲吩咐了又吩咐,要好好学习,要好好保管文具,别弄坏了,别弄丢了。

我很开心,很兴奋,也很谨慎。可是,没过几天,我忽然发现我的橡皮不见了。

我很伤心,这块橡皮是母亲花了两分钱买的。当时一只鸡蛋也只卖八分钱,家里的油盐酱等日用品也还等着攒起来的鸡蛋去换呢。

我很自责,责怪自己的粗心大意。我也很害怕,害怕母亲的责备。

和我同桌的一位男生家境不错,他的父亲在城里工作,他穿着很整齐,有一个新买的军绿的帆布书包,一个崭新的大大的铁皮文具盒,文具盒的底层整齐地码放着各种颜色的铅笔,上层放着几块形状各异的橡皮。我羡慕极了。

我就向他借橡皮用,他也很大方地借给我。我发现他有一块橡皮和我丢掉的那块很像,只是大了一些。我突发奇想,把他的这块橡皮用小刀切去一圈,他就会不认识了,这不就成了我的那一块了吗?何况,他那么多橡皮,也不一定会发现少了一块。

于是,我偷偷地行动了,然后把改动过的橡皮,悄悄地藏在了书包的夹层里。

可是,同桌还是发现了,还报告了老师。

我记得那是一位何姓的老师,他找到我,我很紧张,至今都记得那突突突的心跳。我矢口否认。老师循循善诱,可我还是坚决不承认。可是就在这时,同桌从我书包里搜出了"赃物"。我涨红了脸,羞愧难当。

"以后不能再这样了,要知错就改,改了就还是好孩子。"他拍拍我的头,严肃而又鼓励地说。然后又意味深长地说:"要想人不知,除非己莫为,懂吗?"

我深深地点点头,似懂非懂。

后来,老师并没有要求我全班认错,也没有再责备我。

我也真的知错就改了。

现在想来,真的非常感谢当年老师对我小小的尊严的保护,也许因为他懂得再小的孩子也是有尊严的。保护孩子的自尊,让他自省,自我改正错误,可能比什么惩罚都要有效果。

谢谢您,老师,您保护了我的自尊,也让我在二十多年的教学生涯中懂得了保护学生自尊的重要性。

老师,还要谢谢您的是,您当年那句我似懂非懂的话语——要想人不知,除非己莫为。至今依然如晨钟暮鼓,时时告诫着我——做人要诚实,不要心存侥幸。

笨鸟先飞早入林

我并不是一个天资聪慧的人。小时候,有长者出一些智力题,诸如一百个汤圆分六碗每碗有多少个之类的题目,我总是算不出来。唱歌也不行,五音不全。跳舞也不行,跳着跳着,就会晕头转向。画画也是不行,画啥不像啥。看到那些聪明伶俐的孩子,我心底里总是很自卑。

小时候,我听到最多的夸奖就是——这孩子,真勤快!

这倒是真的,我干家务活是个好手,记得还没有灶台高的时候,我就会烧锅做饭,洗衣扫地、喂猪喂羊更不在话下。另外,我还跟着母亲后面学会钩花,钩各种图案的花,母亲会的,我学两遍就会,有时还能无师自通。这可能是耳濡目染的功效。

在学校学习,我真的不是很优秀,数学尤其差。可是学到五年级时,我竟然还得了一张"三好学生"的奖状。那是我从不敢奢望的,因为每年一个班级也就只有五六个品学兼优的学生,可以得此奖状。我真有受宠若惊的感觉。

上到高中了，文科类的学起来倒也轻松，可是数学学得很困难，老是拉后腿。我一心想通过高考改变自己的命运，改变家庭的命运，可是成绩总是不理想，所以，我经常自怨自艾——真笨，不是学习的料。有时候真想打退堂鼓，回去种种地，还可以帮家里很大的忙。

后来，没有退学，还考上了大学，如今还能站在讲台上，真的要感谢高中时候的班主任——景铭老师。景老师，教语文兼做班主任，高中教了我三年。高高的个，清瘦的面颊，戴度数很高的黑框眼镜。他没有很高的文凭，也没有飞扬的文采，但板书极为认真而工整。他很敬业，常年住校。那时候，没有安排老师轮流值班的惯例，每天晚上都是他陪我们晚自习。看到有人松懈了，就会敲敲头，提醒一下。

他好用"名言警句"告诫我们，教育我们。

比如，他教育我们，不要做坏事，总会说——常从河边走，难免不湿脚。一边说，一边用食指用力地在空中点一点，我就总觉得他在点我，很惶恐。

比如，他批评有些同学的行为很可笑，他总会说——把人家的狗都笑得躺在田埂上呢！我们觉得好笑，他也很自得呵呵一笑。严肃的氛围一下子就变得轻松。

他鼓励同学们早点起床读书，就会说——起早的鸟儿有虫吃。

他鼓励我们要勤奋学习,就会说——笨鸟先飞早入林。

"笨鸟先飞早入林",是啊,我笨,我不聪明,但是我可以先飞啊,我可以比你勤奋啊。

这句话常常激励着我、鞭策着我,于是我虚心向同学和老师请教,刻苦钻研,终于找到了学习数学的方法和技巧,从而大大提高了学习成绩。

每个人的天性禀赋是有差异的,承认自己的缺点,才能弥补自己的不足。"笨鸟先飞早入林",虽不是老师独创的至理名言,但他的提醒却给当年那个自卑的、迷惘的我很多的鼓励。

三百六十行,行行出状元

好不容易高考考了个不错的分数,可是又面临着填报志愿的困惑。

三十年前,对于农村孩子来说,考上大学是能够跳出"农门"的唯一途径。所以填报志愿时就格外谨慎,千万不能落榜。于是我在志愿表的"师范类院校是否服从"栏前犹豫不决。景铭老师看出了大家的犹豫,鼓励大家说:"三百六十行,行行出状元,只要你肯努力,什么岗位都能出成绩、出人才。"

在他的感召之下，我提笔写下了"服从"二字。命运也就在那一刻定格了，我真的被服从栏录取了，成了一名师范生，成了一名中学老师。

当我有时为自己这一抉择后悔的时候，我耳边会常常会回响起老师的这句——三百六十行，行行出状元。

是啊，其实职业没有贵贱高低，有高低的是成就，只要肯钻研、能努力，教师也可以有成就、有作为，不是吗？古有孔子，现有陶行知、叶圣陶，他们不都是教育界的功成名就之人吗？

谢谢您，景老师，虽然您已经永远地离开了我们，可是，我依然把您当年的教诲永记于心。

我很庆幸，一生遇到了许多好老师。有些老师多年都没见面了，可是你们当年的谆谆教诲曾经指引过我、激励过我、矫正过我。

老师，长大后，我也成了你——我无怨无悔！

老师，今天又是一个教师节了，我想你们了——师恩难忘！

那年高考,那瓶饮料

1988年7月我第一次参加高考,那时填报志愿是在高考之前。我在所有的志愿栏中都填上与警察有关的专业和学校,从中国人民警官大学到南京龙潭警官学校,清一色,无一例外。

我在很小的时候就梦想做一名警察。因为我们村里有个人,经常寻衅滋事,欺负村民,欺负我的父亲母亲。所以,我一心想考上大学当警察,除暴安良,保护像我父母一样被欺负的弱小者。

那年的7月8号,高考的第二天,天气特别炎热。脸颊热得发疼,衣服被汗水湿透,塑料凉鞋底被柏油马路烫得快要熔化。

为了降温,我特地给自己买了一瓶冰镇饮料,绿色的塑料瓶子,透明而清凉。这是我有生以来第一次买饮料。平时去学校,我们都是盐水瓶装白开水——用完的输液瓶,拔去输液管,洗洗干净,灌上白开水,塞上橡皮塞,密封性超好。有个别同学会带金属军用水壶,那当然是奢侈品。

人生第一次来到县城与城里的学生一起参加高考,我实在羞于携带一只盐水瓶。我咬咬牙、狠狠心,给自己买了一瓶饮料,并且计划好每场考试只喝两口,而且一定要在考试后半场口渴时才喝。

那天下午一进考场,却发现考场内十分凉爽。原来,教室里前前后后放了好多大大的冰块。我座位旁边就有一块很大的冰,有洗澡盆那么大,晶莹剔透,还冒着丝丝白色的水汽。这是我这个从乡下来的学生所从未见过的。这么大的冰是怎么做成的呢?又是怎么运过来的呢?什么时候会融化呢?我该什么时候开始喝饮料呢……我浮想联翩。

终于开考了,这场是我最拿手的英语。我很快就沉浸于答题之中,一切都得心应手。大约做了一半试题,我瞥见了那瓶饮料,绿莹莹的,很是诱人。要不要喝一口呢?我看了一眼手表,还有一个多小时,时间还很充裕。虽然我并不口渴,但还是拧开瓶盖,喝了一口,甜甜的,很爽口,不禁又喝了两口。脚边的冰块已经缩小了许多,脚底一摊水,凉凉的。

我赶紧继续答题,但注意力却怎么也无法集中起来,唇齿间残留的饮料让我回味无穷,这是什么甜?苹果的甜,还是甘蔗的甜……

忽然,监考老师提醒:"本场考试时间还有三十分钟,请抓紧时间答题。"

什么?只剩三十分钟了!我把试卷翻过来一看,天哪,还有两篇长长的阅读理解题没有做,还有作文没有写,答题卡也还没有填涂。

我的头嗡嗡嗡作响,心怦怦直跳,手颤颤发抖……

后来怎样草草完成了答题,怎样交了试卷,怎样出了考场,我都记不清了,只记得恍恍惚惚。

成绩出来了,我比最低投档分数线高出了七分。

没过几天,村里来了三位穿着制服的警察,他们召集了好几位村民,调查我家的政治情况。我家三代贫农,父亲是退伍兵,党员:政审顺利过关。

于是,我便天天梦想着穿上警服那神气的模样,梦想除暴安良的情景……梦很美,也很甜。

可是,发榜的日子已经过去了好久,我却迟迟收不到通知书。我天天骑着自行车赶十多里路到县教育局,去看那块公布录取名单的黑板。每天期望而去,失望而回。

再后来,老师说我落榜了。因为警察专业招录女生比例很低,所以女生的录取分数要比投档线高出许多。

我只得重整旗鼓,再次走进母校,成了一名补习生。

功夫不负有心人,经过一年的努力,我终于第二次坐进了高考的考场,这次我什么饮料也没带。

这一年我的高考成绩比最低录取线高出了近四十分。可是由于视力下降,警察梦彻底破灭了。我被苏州大学中文系录取了,成了一名师范生。

回首过往,不禁感慨万分:如果没有那瓶饮料,我也许就不会分神,也许就实现了警察梦。

可是,现在想想,虽然没有实现警察梦,没有实现除暴安良的夙愿,但是三十年来我所教过的三千多位学生,没有一位违法犯罪的,每一位学生都成了社会的有用之人,这不也是很值得欣慰的事吗?

人生的轨迹往往会因为一个小的细节而发生大的变化。

最美不过人之初

姨妹的女儿在南京上小学一年级,在游玩了明城墙之后,老师要求她把自己绘制的导游图制作成一张明信片,然后亲自去邮局寄给远方的亲朋好友。姨妹告诉我说,小丫左思右想最后选定了寄给我。

我受宠若惊。其实我跟这小朋友的相处并不多,只有今年暑假短短的几天。这是她的人生第一次制作明信片,第一次去邮局寄东西,第一次自己做主选择收信的主人……

小丫,谢谢。谢谢你把这许多的美好的第一次分享与我。

人生的第一次之所以可贵,是因为它充满了新鲜、好奇和激动,所以也往往令人终生难忘。

我们每个人的记忆深处都依然深藏着许多的第一次。第一次背上书包去上学,第一次骑上自行车,第一次乘车远行,第一次做饭,第一次获奖,第一次走上工作岗位,第一次领工资,第一次作品发表,第一次恋爱……这许多的第一次,当初也许充满了汗水,甚至泪水,可如今想来,却只剩下了美好与幸福。

孟子说:人之初,性本善。这里的"善"何止是"本性"的美好啊,我觉得还包含"人之初"的许多美好的经历和体验。人之初的大段时光都是在学校度过的,所以学校里也便留下了人们许多人之初的美好。

有幸做了一名老师,每天都有机会陪伴学生,陪伴他们度过美好的"人之初"。于是也就有幸见证了他们"人之初"的千姿百态。你看那刚刚进入中学的一群:

女孩儿们正值那"豆蔻梢头二月初"的羞涩,男孩儿们唇上刚刚入住了第一批土著居民,乳臭未干,酷似那未熟的毛桃。还有那种刚刚理了个奇异发型就被家长老师勒令改变时的痛不欲生,那种读到"风流总被雨打风吹去"中"风流"二字时狡黠的微笑,那种在课堂上偷偷往嘴里塞了个零食就被老师喊起回答问题时的窘迫,那种最后一节课后直奔食堂时百米冲刺般的迫不及待,那种紧张的考试之后等待分数的忐忑不安,那种得了高分却不动声色的故作镇静,那种考试失利后的沮丧与自责。

还有那求知如渴的眼神，那早读课上忘情的朗读，那课间与同桌面红耳赤的争论，那晚自习完成作业时的全神贯注。那抑制不住的仗剑走天涯的豪情壮志。

　　这一切的一切，都是人之初所特有的，也是人生最美好的。

　　工作二十多年了，回首过往，闪现得最多的就是这些美好的画面。

　　最美不过人之初。而我有幸陪伴了这么多的美好的"人之初"，不亦人生一乐事吗？

2018.12.22

给个舞台,秒变"戏精"

一

2018年12月18日凌晨1点,喧嚣了一天的城市变得那么的安静。人家窗户的灯光早已熄灭,马路边的路灯像朱自清笔下"瞌睡人的眼"。路上没有行人,没有车辆,没有鸟鸣,没有虫叫,也没有了狗吠,有的只是走街串巷的瑟瑟北风。

而这时的省海中体艺馆的舞台上正灯光闪耀,人影憧憧,乐声缭绕。

有谁知道在这寒冷的黎明,这里正紧锣密鼓地排演着话剧《这里的黎明静悄悄》呢?再过十几小时,第三届海中话剧节的演出就要正式开始了。而此时,他们的第一次彩排还没有结束。

"灯光!""音乐!""画面!""演员!"导演有条不紊地

指挥着,音响、灯光、布景、演员不断地协调、磨合,一遍,一遍,又一遍。

台下校长、主任、老师、家长,个个屏气凝神,全神贯注。学校请来的导演、音效灯光师都是专业的,可这一群演员却是业余的,他们都是刚入学不久的高一学生,他们能演好这场高难度的话剧吗?所有人的心都悬着。

忽然,我看见一个女生从舞台后面冲下来,佝偻着腰,双手捂着膝盖。她找了个椅子坐下,把头深深埋进两臂之间,静静地坐着。

我问:"怎么啦?"

她挪开手,短裙下露出了没有了皮肤的鲜红的两个膝盖,并轻声地说:"舞台上摔的。"

我嗔怪道:"怎么这么不小心呢?"

"是做动作时磕的。"她解释说。

我理解了,是剧情的需要。

我说:"明天演出时穿双丝袜吧。"

她摇摇头:"导演说会反光的。"

我蘸好碘酒准备给她涂上,她连忙夺过棉签,羞涩地连声说:"我自己来。"

"明天还行吗?"我问。她点点头。

我分明看见她眼中擎着泪。"明天要注意些啊。"

我叮嘱她。

"谢谢老师,谢谢。"她连声说道。

我鼻子一酸。傻孩子,要谢的是你,是你们。是你们驱走了这冬夜的寒冷、饥饿与疲惫。

二

12月18号下午3:30,学校体艺馆座无虚席,舞台上灯光渐亮,音乐渐起,演出正式开始了。

辽阔、深邃、挺拔、静美的俄罗斯的白桦林,平静地生活着的村庄,一切都被德国人飞机的轰炸改变了。准尉瓦斯科夫带领着一群拿起了武器的年轻女兵,保卫着家园。

瓦斯科夫带领五名女兵成功地完成了对一股德军的围追阻击,可是五名年轻女兵却因此付出了宝贵的生命。

为了寻找救援却深陷沼泽而牺牲的丽扎,她渴望上学,念念不忘城里来的那位英俊的猎人。

为了保护战友转移德军注意力而惨遭射杀的然尼娅,她是红军指挥员的女儿,亲眼看着自己的母亲、妹妹、弟弟还有许多村里的人,被德国人用机枪扫射。痛苦、绝望之时她爱上勇敢而体贴却已有家室的红军军官,为此她饱受非议。她带着这份明知无果却依然执着的爱情,倒下了。

为了保护瓦斯科夫勇敢地挺身而出嘉丽娅是个弃婴,她自欺欺人地说自己的妈妈是个医务工作者,直到生命的最后一刻,十六岁她也只有一个小小的愿望——希望有个妈妈。

为了给瓦斯科夫取烟袋而遭德军刺杀的索尼娅,她是个大学生,她爱诗歌,爱那位给她写信的梦中人。

为了不做俘虏、身负重伤而开枪自杀的丽达,丈夫在边防哨所牺牲了,他们的儿子才三岁。

五个年轻、美丽、充满活力的女兵牺牲了。

准尉瓦斯科夫,幼年丧父,中年丧子,与妻子离异,又遭战争,命途多舛。可是他顽强地活了下来,他尽心尽责地带领一群女兵守卫家园。五位女兵的牺牲让他深深地自责,他痛不欲生,他疯狂了,他的心中只剩下了仇恨。

学生们的表演惟妙惟肖,出神入化。虽然嗓音还有些稚嫩,可是表演却十分老练。

你看那眼神:被愁苦深深折磨的不苟言笑的瓦斯科夫,那样的深邃、冷峻。酷爱诗歌的索尼娅,充满了热情、浪漫和憧憬。痛失了丈夫的班长丽达,坚毅、果敢。因为爱情而遭非议的然尼娅,叛逆、倔强、热情似火。心中深藏了那位猎人的丽扎,充满了对爱情渴望、对生命的眷恋。从小就失去母爱的嘉丽娅,充满了自欺欺人的快乐和对命运不公的责难。

你看那身姿,挺拔、俊美、英姿飒爽。

你听那对白,饱含深情,恰如其分,那么富有感染力。尤其是嘉丽娅牺牲前的那一声响彻天地的呼唤"妈呀!妈妈——"让人瞬间泪崩。

五十二位演员,五十二个"戏精"。

三

从海选到演出只有四十天,排练时间只有每天午休的一个半小时,累计六七十个小时,准备工作紧张而有序。前期,学校领导总动员,总筹备。然后,分步准备。

第一步:四十五分钟完成高一年级的一千多人的海选。各班同时进行,语文老师负责,学生自愿报名,学生评选,公开公正,人人参与,初定演员。

第二步:三幕分三组,一个半小时完成导演再选,最终确定演员。

第三步:两天熟悉全剧,背熟台词,掌握人物性格。

第四步:对台词,走台。这是最困难也是最艰苦的阶段。大部分学生都没有上过舞台,没有任何表演经验,更没有接触过话剧。有些学生甚至连说话都不敢大声,更别说男女生对戏了。

导演一句一句台词进行示范,一个动作一个动作进行纠正,一个表情一个表情进行调整。四十多天里,他们牺牲了宝贵的午休和周末时间,全身心投入指导工作中。这是一群可敬可佩可爱的人,他们有一个共同的名字——江海剧社志愿者。

第五步:彩排。演员、舞美磨合、演练,只有两次。

最后,正式演出,完美呈现。

这期间,你看那些正利用对戏的间隙抓紧时间完成作业学生,你看那利用课间全程陪同的语文老师,还有那各幕来回指导的学校领导,我忽然想起两句诗——宝剑锋从磨砺出,梅花香自苦寒来。

四

《论语》里讲:"后生可畏,焉知来者之不如今也。"

是啊,这群"后生"着实"可畏",他们有着无穷的潜能,给个舞台,就能"秒"变"戏精",这样让学生能尽情发挥潜能的舞台多多益善啊。

2018.12.26

如此"虔诚",孔子怎肯保佑?

近段时间,高考、中考临近,学校围墙外的孔子像周围,斗香堆积如山,烟雾缭绕。

孔子像的后面就是成排的教室、办公室,东南风一吹,老师、学生们深受其害,咳嗽、流泪、咽喉疼痛。前些日子我写了一篇《孔子很"吃香",有人很受伤》的文章,点击转发的人很多,说明大家都很有同感,都希望不要让学生们再受伤了。

高考期间学校内要设置考场,孔子像后面的教室就是考场。高考前的两天,有关部门运来非常沉重的预制的水泥基座,然后在基座上竖起高大厚实的钢制隔离板,又在隔离板外悬挂上显目的条幅——关爱考生健康,此处禁止焚香。

看到这些,我心中阵阵惊喜,阵阵感动。有关部门,真的很神速,很高效,很有爱心。心想,孩子们再也不会受烟熏之苦了。

可是,第二天我发现,被高大的隔离墙包围起来的孔子像前竟然依旧烟雾缭绕,浓密的青烟阵阵腾挪而上,烟随风势,一阵更紧一阵,飘进校园,飘进教室,飘进学生们的口鼻之中、身体之内。

早上如此,中午如此,夜幕降临了,依然如此。

焚香的目的是祈求孔子保佑自己的孩子能够考试顺利,考出好成绩。焚香祈求,寻求心理安慰,精神慰藉,缓解紧张的备考压力,其实也无可厚非,可以理解,可怜天下父母心嘛!

但是,现状是,敬献的香由几支变成层层叠加的状如宝塔的斗香,而且斗香的腰围越来越粗,高度越来越高,数量越来越多,烟雾也越来越浓,越来越大。前面的一批还没燃烧尽,后面的源源不断地又包围过来,前赴后继,争奇斗"烟",蔚为壮观。

如果是明确禁止之前到此处焚香产生浓烟危害学生,这可能还是误伤,因为他们也许不知道有可能产生的后果,还情有可原。

但是,围起了那么高的围墙,悬挂着那么显目的警示语,还是钻越浓密的绿化带,进去焚烧斗香,那就是明知故犯了。这跟故意闯红灯、跟在"禁止随地大小便"提示语下大小便又有何区别呢?

也许有人认为,只要敬香表示"虔诚"了,孔子就一定会保佑他。

果真这样吗?

我们还是先来认识一下孔子吧。

天地尊亲师,是中国人长久以来祭拜的对象,其中就包括老师。两千多年前的孔子最早开创了我国的私人讲学之风,是我们的第一位老师,被人们尊为"至圣先师""万世师表"。人们因此为他塑像、挂图,顶礼膜拜。

古代私塾里,学生到校的第一件事,就是到孔子像前拜三拜,然后才开始学习。对孔子的尊重,就是对老师的尊重,就是对教育的尊重。每天都叩拜孔子,是时刻提醒学生要尊重老师、敬畏老师,好好学习。

虽然现在这种叩拜仪式已经取消,取而代之的,是上课前师生互相鞠躬敬礼。但是对孔子的尊重一直延续到现在,实在可贺可喜。

孔子思想的核心是"礼"和"仁"。子曰:非礼勿视,非礼勿听,非礼勿言,非礼勿动。

孔子要人们处处遵守"礼"。礼,其实就是社会约定俗成的规矩。"非礼勿动",就是要求人们,不符合"礼"的事情不要做。这些家长如此"虔诚"的做法合乎孔子的"礼"吗?孔子若是真有灵,他会很不开心的,因为这种做法是与他的主张背道而驰的。

再者,"仁者,爱人也"。

孟子阐释"仁"为"老吾老以及人之老,幼吾幼以及人之幼"。也就是,尊重自己的老人,推及尊重别人的老人;爱自己的孩子,推及爱别人的孩子。

而有些家长只顾爱自己的孩子,焚香祈求,却不顾及烟雾会伤害别人的孩子。这不是明显违背了孔子的"仁"的主张吗?

如此"非礼",如此"不仁",即使你再"虔诚",孔子也会生气的。他还肯保佑吗?

其实,你若平时真的十分尊师重教,关心孩子,孩子又勤奋刻苦,认真学习,胸有成竹,考试又怎能不顺利呢?

但愿真正知"仁"懂"礼"的人越来越多,而戕害学生的烟雾越来越少。

假如教师没有情怀

最近读到王开东的文章《守夜人的誓词为何让老师怦然心动》,仔细地品读了一下《权力的游戏》中那段守夜人的誓词:

长夜将至,我从今开始守望,至死方休。

我将不娶妻,不封地,不生子。

我将不戴宝冠,不争荣宠。

我将尽忠职守,生死于斯。

我是黑暗中的利剑,长城上的守卫,守护王国的坚盾。

我将生命与荣耀献给守夜人,今夜如此,夜夜皆然。

誓词的核心内容是——尽忠职守,不计功名。最让人感动的也正是这八个字。

最近我正跟学生一起学习《屈原列传》，屈原精神的核心就是——忠贞。忠者，一对国家，二对国君。

作为国民的屈原，对国家殚精竭虑，鞠躬尽瘁，为了楚国不被秦国侵略而献计献策，呼号奔走，这是尽职。

作为臣子的屈原，对国君忠心耿耿，渴望他远离小人，明辨是非，强国富民，这是尽忠。屈原不就是那个在长夜之下为楚国尽忠职守、不计功名的守夜人吗？

尽忠职守，不计功名，不就是现代词语——情怀吗？

情怀者，非功利也。非功利者，不是不要功利，而是不把功利放在第一位。

现在我们谈起"情怀"二字，总有人觉得是唱高调，假清高。仔细想一想，其实我们许多人都是有情怀的，情怀并没有离我们远去。情怀的对立面是功利。假如教师都很功利，那么教育将会是什么样子呢？

先说备课。不备课可以上一节课，准备一个小时也是上一节课，准备三四个小时甚至更多，也可以上一节课。从功利最大化的角度来看，就应该备最少的课，上最多的课。

可是，你去学校看看，哪一位老师不是花很多的时间，做最充分的准备，然后再极力高效率地上课呢？这不就是尽忠职守吗，这不就是情怀吗？

假如没有了情怀，老师还会如此认真地充分地翻阅资料、精心地备课吗？

假如没有情怀，还有哪一位老师会掏心掏肺、竭尽其能地把自己的知识传授给学生呢？

假如没有情怀，老师又怎么会日复一日单调地、不厌其烦地、一题一题、一字一字地认真阅读批改作业呢？

假如没有情怀，老师又怎么会苦口婆心、耐心细致、孜孜不倦，甚至冒着被记恨被报复的危险去教诲学生呢？

假如没有情怀，老师只是为了分数而教学，那么老师就只用考什么就教什么好了。那么教育就像厨师只需端上各种钙片、维生素片一样可笑了。

是啊，我们老师之所以能够像王开东所说的那样"始终坚守三尺讲台，矢志不移，弦歌不辍，一支粉笔写春秋"，不就是因为心中那份为教师职业尽忠职守的情怀吗？

楚国满目疮痍，屈原依然做尽忠职守的守夜人，因为那是他的祖国。我们的教育虽然问题多多，可老师们依然尽忠职守地做着教育的守夜人，因为这是我们的教育事业。

教师虽然没有"不娶妻,不封地,不生子",但是绝大多数教师都没有把谋取功利放在第一位,而是忍受委屈、含辛茹苦为学生的前途而驻扎、守护自己的岗位。这不就是情怀吗?!

是啊,其实我们生活中这样尽忠职守的又何止教师这一群呢?

假如将士们没有情怀,那么我们的国门谁来把守?

假如医护工作者们没有情怀,那么谁来为我们极力救死扶伤?

假如科技工作者们没有情怀,那么科研的冷板凳谁会来坐?

假如新闻工作者们没有情怀,那么谁来把社会的假丑恶公之于众?

假如警察没有情怀,那么我们的治安谁来维护?

……

其实,情怀一直都在。